文春学藝ライブラリー

戦史の証言者たち

吉村 昭

文藝春秋

戦史の証言者たち◉目次

III　福留参謀長の遭難と救出

参謀長ほか八名の救出に成功した大隊長
大西精一氏の証言　82

終戦後、同潜水艦の浮揚を成功させた技師

又場常夫氏の証言　215

浮揚した艦の内部を写真撮影した新聞記者

白石鬼太郎氏の証言　235

単行本　一九八一年九月　毎日新聞社刊
旧版文庫　一九九五年八月　文藝春秋刊
DTP制作　エヴリ・シンク

戦史の証言者たち

中西部太平洋・主要図

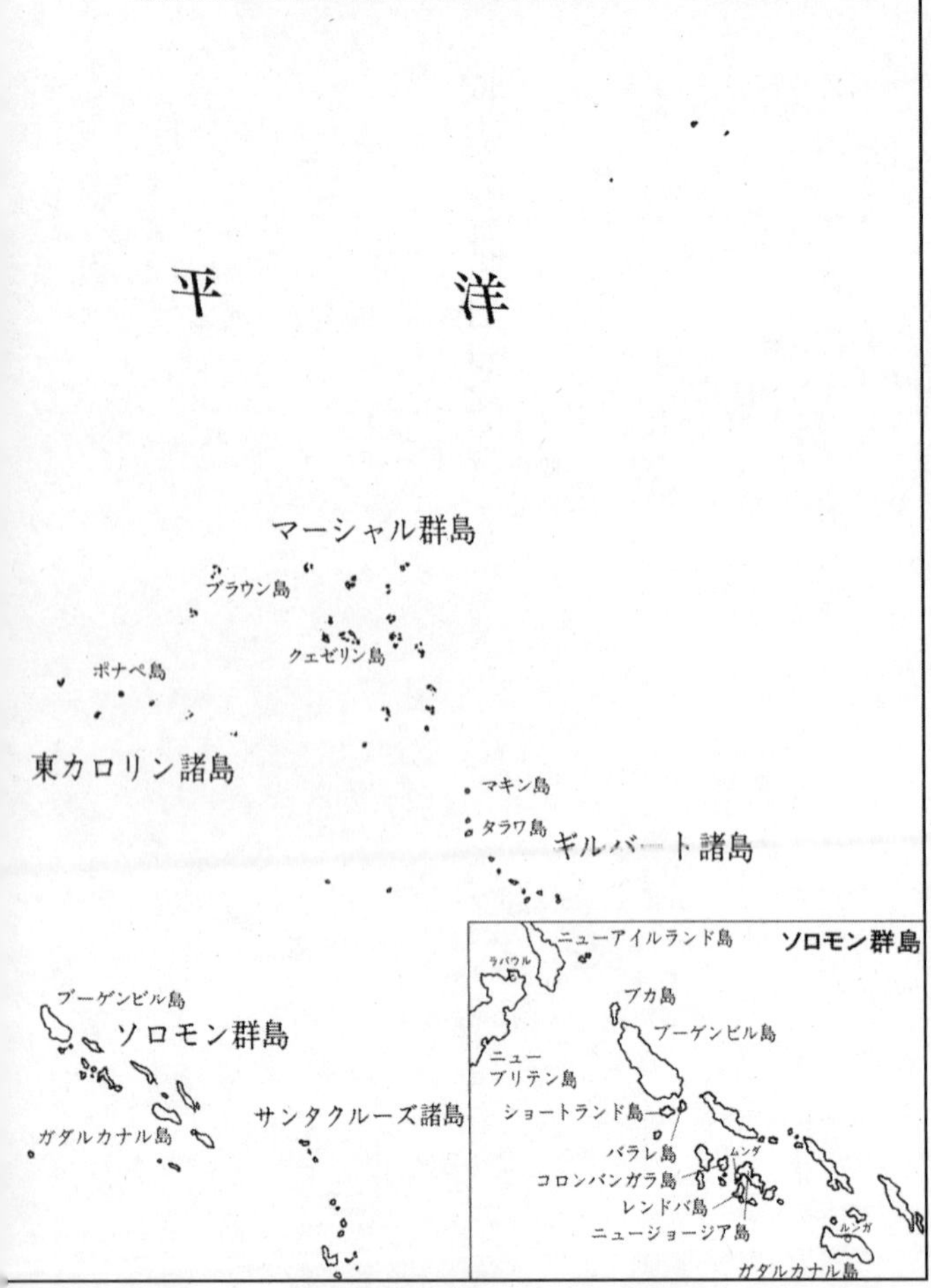

平　洋
マーシャル群島
ブラウン島
クェゼリン島
ポナペ島
東カロリン諸島
マキン島
タラワ島
ギルバート諸島
ブーゲンビル島
ソロモン群島
ガダルカナル島
サンタクルーズ諸島
ニューアイルランド島
ソロモン群島
ラバウル
ブカ島
ブーゲンビル島
ニュー
ブリテン島
ショートランド島
バラレ島
ムンダ
コロンバンガラ島
レンドバ島
ニュージョージア島
ルンガ
ガダルカナル島

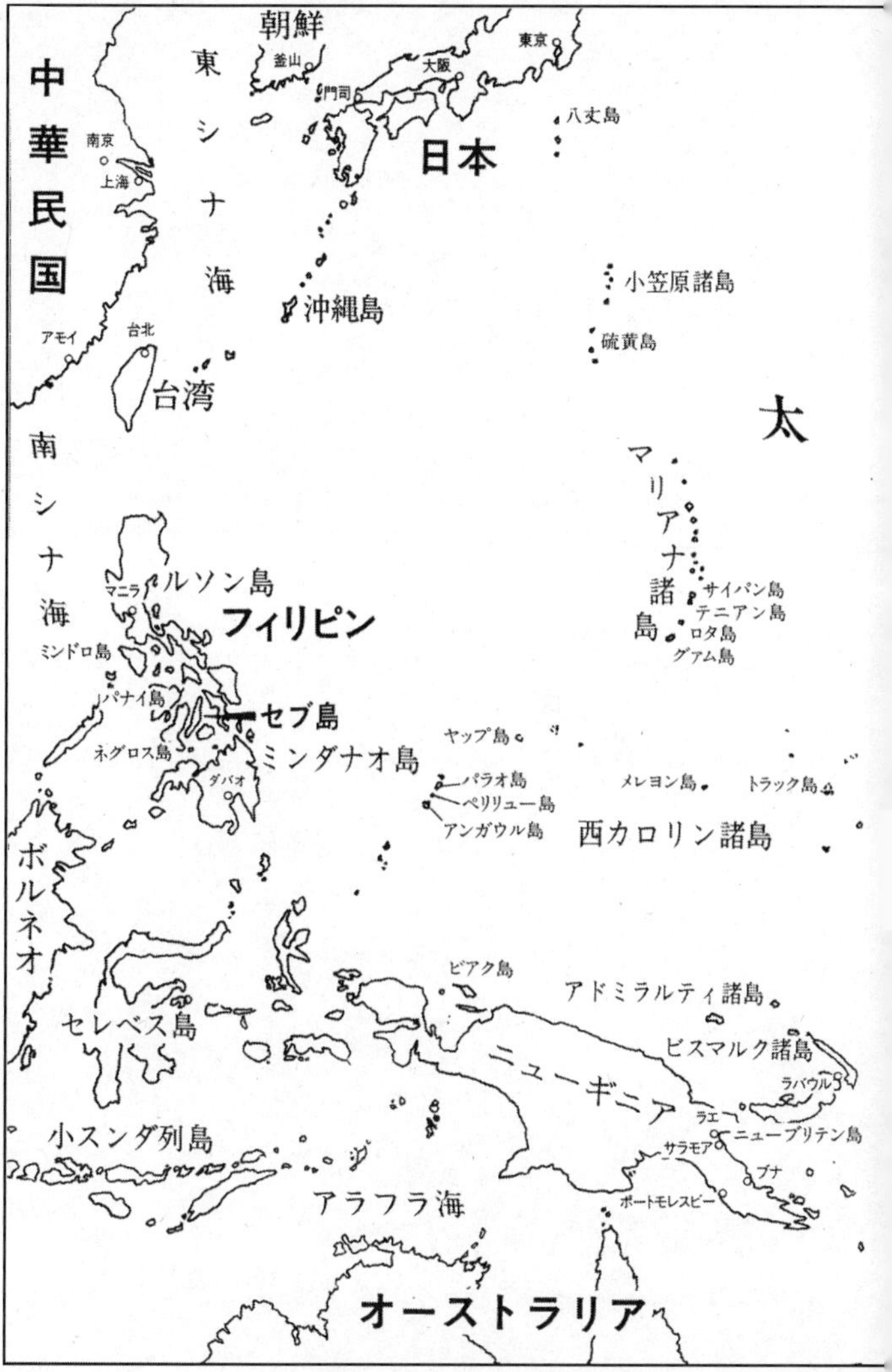

朝鮮
釜山
門司
大阪
東京
八丈島
日本
中華民国
南京
上海
東シナ海
沖縄島
小笠原諸島
硫黄島
アモイ
台北
台湾
太
南シナ海
マリアナ諸島
サイパン島
テニアン島
ロタ島
グァム島
マニラ
ルソン島
フィリピン
ミンドロ島
パナイ島
セブ島
ネグロス島
ミンダナオ島
ダバオ
ヤップ島
パラオ島
ペリリュー島
アンガウル島
メレヨン島
トラック島
西カロリン諸島
ボルネオ
ビアク島
アドミラルティ諸島
セレベス島
ビスマルク諸島
ニューギニア
ラバウル
ラエ
ニューブリテン島
サラモア
ブナ
小スンダ列島
ポートモレスビー
アラフラ海
オーストラリア

I

戦艦武蔵の進水

戦艦武蔵について

「武蔵」は、「大和」の姉妹艦として連合艦隊旗艦となった、基準排水量六四、〇〇〇トン、一八インチ砲三連装砲塔三基九門をそなえた世界最大の超弩級戦艦であった。

昭和九年末、軍令部の要求にもとづいて基本計画を着手、昭和十二年三月艦型が決定した。それによって第一号艦「大和」が昭和十二年十一月四日呉海軍工廠で、つづいて第二号艦「武蔵」が、翌十三年三月二十九日三菱重工業長崎造船所でそれぞれ起工された。その設計、建造は、世界の最高水準をゆく日本の造艦技術の粋を結集したものであった。

「大和」は昭和十六年十二月、「武蔵」は翌十七年八月完成し、連合艦隊に編入された。その建造は、極秘のうちに進められたが、殊に「武蔵」は、民間会社で建造されたことと、造船所の位置が長崎市内からよく見え、しかもアメリカ、イギリス領事館などもあった関係で、その秘匿には徹底した措置がとられた。その一方法として、巨大な船台を棕櫚《しゅろ》縄で編んだスダレでおおうなど、造船所側の苦心もなみなみならぬものであった。

「武蔵」は戦闘海域に出動したが、昭和十九年十月二十四日フィリピンのシブヤン海で、多数の敵艦載機の波状攻撃にあい、推定三十二本の魚雷をうけて沈没した。戦死者は千百十名であった。

フィリピン群島シブヤン海で奮戦中の武蔵

世界造船史に類をみない進水を果した工作技師
大宮丈七氏の証言

「大和」は呉海軍工廠のドックで進水したが、「武蔵」の場合は、船台からの滑走による進水であったので、「武蔵」の方が技術的にはるかに困難は大きかった。

「武蔵」建造の焦点は、その進水が果して成功するか否かにかかっていたと言ってよかった。途方もなく重い「武蔵」の船体を船台から進水させることができたのは、イギリスのクインエリザベス号の進水をもしのぐ世界造船史上画期的なもので、その進水重量の記録は現在でも破られていない。

このような大事業であった「武蔵」の進水の工作を担当したのが、当時、造船工作部第一船殻工場船台大工係の大宮丈七技師であった。

私が大宮氏に初めて会ったのは、昭和四十一年三月末で、小説『戦艦武蔵』の取材で長崎市を訪れた時であった。氏は、進水の名人とも神様ともいわれ、そうした氏の経歴から頑固そうな人を想像していた。が、氏は、絶えず微笑をうかべた童顔の明るい眼をした温厚な人柄の方であった。

その後、長崎を訪れた折に何度もお目にかかったが、小説『戦艦武蔵』が単行本として出版され、それを贈呈したところ、氏は非常に喜んで下さり、進水を終えた直後、海軍からもらった輪島塗りの香炉を私にくれる、という。大宮氏にとって貴重な家宝とも言うべき記念品であり、私は、氏の家にあってこそ意味があると固辞したが、どうしても受け取って欲しいという。

私はやむなく一時お預りするということで受け取り、大切に保管していた。

一昨年、大宮氏が病歿されたことをきき、香炉をお返しする時が来たことを知って、それを手に長崎へ行き、氏の家を訪れて焼香し、香炉を長女の方にお返しした。

氏は、忘れがたい魅力にあふれた人であった。

世界一幅広い進水台

吉村　戦艦武蔵は、機密保持が非常にうるさかったそうですが、船台の遮蔽もおこないましたね。周りにずっとシュロ縄で編んだ途方もなく大きなスダレをたらして、そのなかでつくったわけですけれども、なかはずいぶん暗かったものなんですか。

大宮　下のほうは全部トタンの高い塀でおおい、その上がスダレだったんです。もちろん外みたいには明るくなく、薄暗かったですね。しかし電灯がついていましたから、作業に支障は少しもありません。武蔵を造るのには、一番船台と二番船台の両方を使っていました。われわれの進水工事は、一番船台のほうでやっていたんです。

吉村　機密保持で、武蔵の建造に従事していた造船所の人たちは、ずいぶん制約を受けたものでしょうね。

大宮　ええ。なんといいますか、造船所の中に関所が二ヵ所あって、そこで身分の確認をされてようやく船台に入れるんですよ。所員はみんな腕章をつけていて、この腕章に一連番号がついている。その上、本人の小さな写真も貼ってあるんです。この番号と写真を照合して、関所を通らせる。作業が終り、造船所を出る時は、その腕章が毎日回収されましたですね。関所で受け取る守警の人は、腕章の通し番号をみて、何番は回収した、何番は回収したと全部記録簿に記入するんですよ。そして、また翌日、その腕章を関所で本人に渡して、造船所に入ることを許すんです。このようなことをして、外部から人が入りこむことを防いだんですよ。殊に「武蔵」の建造に直接関係している者は特別許可証を持っていて、これがなければ船台などにも近づけない。それは、水ももらさぬという大変にきびしいものでしたよ。

吉村　スダレで船台をおおって、そのなかでなにをつくっているかということは、一般の長崎市民はわからなかったわけでしょうね。

大宮　わからんですよね。みんな関心をもっていましたが、化けもの、化けものと言っていた。造船所で化けものを造っていると言っていた。船を造っているとは言わず、化けものと言っていたですね。造船所内でも、「武蔵」などという名は使わず、第八

長崎造船所香焼工場で大宮丈七氏（左）から進水式の話を聞く著者（矢沢進撮影）

右は第一船台。ガントリークレーンは大正元年12月完成
左は第二船台。ガントリークレーンは昭和11年3月完成

○○番船と言っていました。

吉村　工事が進んで「武蔵」が徐々に造られてゆくうちに、ずいぶん大きい軍艦だな、と思ったでしょうね。

大宮　いや、ぜんぜんわからんですよ。長さは、見通すことができますからわかりますがね。ちょうど大きなビルの外壁の近くに立っているようでした。船全体を見たのは進水後、「武蔵」が海上に浮かんだ時です。

吉村　大宮さんは、進水関係の仕事ですから船底のほうにばっかりいたわけですね。

大宮　はい、下ばかりですよ。船底は暗かった。

吉村　船台の広さは？

大宮　四千坪以上ありましたね。ガントリークレーンと言って、船台の両側に太い鉄骨を立てて並べてありましてね。上方にも鉄骨が渡されていて、そこをいくつものクレーンが移動する。船を造る鉄材などは、このクレーンに吊りさげられて、所定の場所におろされるんですよ。シュロのスダレは、このガントリークレーンの両側と海に面した所に垂れていたわけです。

吉村　進水というのは、どのようにしておこなうのですか？

大宮　船台の上で造られたフネは、たくさんの盤木と支柱で固定されているんですよ。そのフネの下に、わずかに傾斜したお滑り台のような進水台を二本さし入れるんです。進水台には油を塗りましてね、それでフネを海面にすべりおろさせるんですよ。

吉村　もちろん「武蔵」のような大きなフネを、大宮さんも進水させたことはなかったんですね。

大宮　そうです、そうです。ほかのフネとは比較にならぬくらい大きいのですから……。

吉村　当然、ご苦労がおありだったでしょうね。

大宮　なにもかも、新しいことばかりで……。まず、進水台の幅が広い。フネの重量が途方もなく重いので、それに耐えさせるためには、進水台も幅を広くしなくてはならない。

吉村　一本の進水台の幅は、どのぐらいにしたんですか？

大宮　一三フィート(四メートル)ですよ。そんな広い進水台は、世界で最初でしてね。「陸奥」やアメリカの空母「レキシントン」クラスでも七フィート。世界で一番大きな進水台を使ったイギリスの豪華客船「クインエリザベス号」でも一〇・五フィートだったんですから……。

吉村　そんな大きな進水台を造るのに、どんなことが難しかったんですか。

大宮　幅四メートルですから、幅四四センチの松の角材を横に九本並べる。そこに横から穴をあけ、横腹を鉄の特製ボルトで串ざしにするんですよ。その穴あけができない。熟練した穴あけ工にやらせてみたんですが、何度やらせてみても途中で曲ってしまう。仕方がないので、素人の工員を十名ばかり集めて、穴あけの訓練をさせましたよ。

いざ進水へ

吉村　うまくゆきましたか？

大宮　熟練工さえだめなんですから、うまくゆくはずがない。それでも毎日、穴あけ練習をつづけさせて、満

造船所対岸の外国領事館の眼前に2階建木造倉庫を急造して造船所を隠蔽した

二年たった頃、ようやく正確に穴をあけることができるようになりましたよ。

吉村 二年？ よく飽きずに練習しましたね。

大宮 全くですよ。飽きる者もいましてね、そんな工員は他の職場に追い払って……。掌は血だらけになって、皮が厚くなる。よく頑張ってくれましたよ。

吉村 工作上のご苦労は多かったと思いますが、機密保持を守らなければならず、その点でも困られたでしょう。「武蔵」を船台からすべりおろさせ、長崎港内に浮かばせる。となると、それまで厳重にスダレやトタン塀でかくしていた「武蔵」が、その全体の姿を海上にさらすことになりますね。

大宮 そうなんですよ。

吉村 長崎市内にはアメリカ領事館その他もありましたし、それらの人や長崎市民にも、進水後の「武蔵」を見せたくない。そういうことですね。

大宮 その通りです。

吉村 どのような処置をとったんですか？

大宮 まず、遮蔽の問題なんですよ。「武蔵」を進水させるためには、海面方向に垂れたスダレをまき上げなくちゃならんでしょう。

吉村 それはそうですね。海面にすべりおりる出口ですものね。進水時にはまき上げなくてはならない。

大宮 それも、いざ進水という時だけまき上げる。ところが、シュロのスダレは重く、短い時間ではまき上げられませんよ。それで、あれこれ考えましてね。スダレと同じ大きさのシートを、スダレの外側に垂らしたんですよ。

吉村　どういう意味ですか？　それは……。

大宮　まず、スダレをまき上げる。これには時間がかかる。しかし、スダレがまき上げられても、シートが垂れているので、「武蔵」はかくれている。それで、進水の直前に、今度はシートを開く。

吉村　うまいことを考えましたね。シートは軽いから短時間で開くわけですね。

大宮　そうです。芝居の幕のように中央で割れて、左右にするすると開くんですよ。

吉村　うまくゆきましたか？

大宮　思った通りゆきました。

吉村　その工夫をしても、港内に浮かび出たら見られてしまいますね。

大宮　それなんです。それについて、海軍から進水する時に港内に煙幕を張ったら、という意見が出て、発煙テストを繰返しました。が、風の強い日は煙が流れて薄れてしまいますでしょう。それに煙幕を張れば、かえってこれから進水をするな、と気づかれてしまうので、中止したんです。

吉村　たしかに、そう言われればそうですね。

大宮　それで、ちょうど進水したばかりの「春日丸」（後に改装されて空母「大鷹」となる）という一万七千トンクラスの客船があったので、「武蔵」が進水した直後に、「春日丸」を寄り添わせる。「春日丸」の方が、もちろん小さいのですが、或る程度は「武蔵」をかくすことができる、というわけです。それから、「武蔵」の艦首に近い部分に数十メートルの長い鉄骨を、両舷側にとりつけました。

吉村 なんですか、それは？

大宮 その二本の鉄骨に、シュロのスダレを垂らしてありましてね。進水した後、その鉄骨を、ちょうど鳥の翼のように両方に大きくひろげさせるんですよ。そうしますと、フネの大きさをかくせるでしょう。

吉村 そんなことまで考えたんですか。しかし、それでも人の目にはふれますね。

大宮 当時はね、海軍がどんな処置をとっていたか、私なんかなにも知らされていませんでした。私は、ただ進水の工作を立派にやってみたいと、そればかり考えていましたから……。後になってきいたことですが、長崎には、佐世保鎮守府から千名以上もの水兵が、憲兵、警察署員らと海岸線に一〇メートル間隔で立って警戒に当ったそうですよ。それから、その日は防空演習日ということにして、だれも家から外へ出さなかったんです。

秘密進水の苦心

吉村 徹底していますね。

大宮 忘れるところでしたが、かくし倉庫のこと。港の対岸に、アメリカ、イギリスの領事館があるんですよ。そこから見られないように倉庫を建てたんです。

吉村　大きなものですか。

大宮　たしか高さは十数メートル、長さも一〇〇メートルはありましたでしょう。

吉村　それなら、領事館員にはみえませんね。

大宮　次には、進水日をかくすこと。もしも、その日時がわかってしまえば、領事館員たちも造船所を見守るでしょうからね。進水をさせる時は、いつも前夜から徹夜作業をして朝を迎えるわけで、船台のシュロスダレの中で電気をともして徹夜作業をしていれば、ははあ、明朝、進水するな、とわかるでしょう。

吉村　それは、そうですね。どうしました？

大宮　それでです。進水の二週間か十日ぐらい前から、わざと徹夜作業をさせたんです。そうすれば、スダレの中に電灯が煌々とともっているわけですから、進水準備かなにかわからなくなる。ただの徹夜作業だと思うでしょう？

吉村　たしかにそうですね。

大宮　私自身は潮の干満の研究をずっとやっていて、もちろん何日の何時ぐらいが進水させるのに適当だ、と自分では見当をつけていました。

吉村　進水は、満潮の時にやるんですね。

大宮　そうです。大潮がいつくるかわかっていましたし、その時にやろうと思ってはいましたが、それを工員たちにもさとられてはまずいわけです。それでも、工員たちは進水が近いらしいと薄々気づいて、いつやるか、いつやるかって、私の顔をうかがうんですねえ。それで、十月三十一日に、パッと、今日は船台の囲いから一切出ちゃいかんと、全員に命じましてね。船台の出入口を閉鎖したんです。

吉村　帰宅もさせないわけですね。

大宮　そうです。明日の朝の潮の具合は絶好になる。進水をやろう……と。

吉村　全員に告げたんですね。

大宮　いいえ、午後になってから建造主任の渡辺賢介（造船所鉄工場長）さんが台の上にあがって、約千名の作業員を緊急集合させたんです。そして、「私は進水作業の開始を命じる、進水は明朝八時五十五分」と大声で言いましてね。緊張しましたよ。進水主任は工作部長の芹川正直さんで……。芹川さんが訓辞をし、その発声で東方遥拝をしたんです。それからは夢中でした。

吉村　どういう順序で作業は進められたんですか。

大宮　進水台というのは、固定台と滑走台で成っているんです。固定台は、船台に固定されたもので、レールのようなもんですね。その上に、車輪に相当する滑走台が重ねられているんですよ。二つの台の間には油脂や軟石鹼が塗られていましてね、進水の時には、船が滑走台の上にのったまますべりおりてゆくんです。そのため、滑走台に油脂類を塗る作業をやり、それから、フネが進水前に滑りおりぬように安全装置をとりつけました。その作業が終ったのは、夕方でした。

吉村　それから？

大宮　フネを滑走台の上に徐々におろしてゆく。そのためには、フネを支えていた盤木や支柱をはずしていくんです。ふつうなら盤木をはずすと、それを海にどんどん放り出すんですが、放り出すわけにはいかない。放り出したらすぐわかってしまうでしょう？進水作業をしていることが……。それで、はずした盤木は、スダレにかこわれた船台の中に積んだりしました。ところが、深夜、予想もしていなかったことが起ったんですよ。

吉村　なにが、です？

大宮　船台に亀裂が入りはじめたんです、二本……。

吉村　船の重量に、船台が耐えられなくなったのですか？

大宮　その通りなんです。これには、顔色を変えましたよ。頭がカーッとしましてね。

吉村　どのあたりだったんです。

大宮　船台のちょうど真ん中で、二本の進水台の間でした。三〇メートルぐらいの長さの亀裂で……。

吉村　船台は頑丈なんでしょう？

大宮　そうですとも。無数の鋼材を特別に打ちこんでありますしね。コンクリートの厚さも一メートル以上あるんですから……。

吉村　それが裂けたら、大事故になりますね。

大宮　そうですよ。艦が傾けばガントリークレーンもこわれ、倒壊してしまうでしょうし……。

吉村　どうしました？

大宮　責任上、私が亀裂をしらべましたが、それは古い船台と「武蔵」を造るために拡張した船台のつぎ目に生じていたんです。それで私は、裂け目は裂けるところまで裂けているので、これ以上亀裂がひろがることはないと考え、渡辺建造主任に報告しました。絶対の自信というわけではなかったんですがね。

吉村　驚きましたでしょう。

大宮　驚いたなんてものではなく、頭がカーッとして。いや、生きた心地はありませんでした。幸い亀裂は、それ以上ひろがらず、ほっとしましたがね。その亀裂は今でも残っていますよ。

吉村　それ以外に、技術的に不安を感じたのは、どんなことがありました？

大宮　ああいう大きな物体ですから、果して滑り出してくれるかどうか、ということです。うまく滑り出してくれたとしても、勢いがつき過ぎますと、長崎港の対岸にのし上げてしまいますもんね。船台から対岸までは八六〇メートルぐらいですから……。ところが船の長さは二六三メートルもあるんですよ。放っといたら船体は秒速七、八メートルで走りますから、一分三十秒ぐらいで対岸に突き当たってのしあげてしまうんです。

吉村　その勢いをおさえるためには、どういう方法をとったんですか？

大宮　船体の両側に六本ずつの大きな鎖をつけてひっぱらせたんです。鎖の重さは、片側二八五トンで、これは効果をあげましたよ。

吉村　船台の両側には、ガントリークレーンの鉄骨が立っていて、その中に船体が船台いっぱいに入っているわけですね。

大宮　そうなんですよ。船体が非常に大きいので、いっぱいいっぱいなんですよ。船台の一番広いところでも、両側の鉄骨すれすれのすき間しかない。もしも、滑り出した船体がちょっとでも傾いて、ガントリークレーンの柱にぶつかりゃせんだろうかと、そんな心配もありましたし。

吉村　作業は、まずまず順調に行ったんですね。

大宮　はい。盤木、支柱すべてをはずしましたら、フネは二本の滑走台の上にのりました。それが、八時十分でした。すぐに、天皇陛下の御名代の伏見宮と及川（古志郎）海軍大臣が入ってこられて、艦首の正面に設けられた高い式台にあがられました。ふつうなら軍楽隊の演奏があり、艦首の薬玉も割ったりするんですが、機密保持でそんなこともしません。それから、いよいよ進水作業がはじまりました。

吉村　どういう順序でやるんですか。

大宮　芹川主任が、「右舷盤木外し方すみ」、「左舷盤木外し方すみ」、と報告し、その度に鐘を打ち、旗振りが白い旗を振り下すんです。

吉村　シュロスダレはどうしました。

大宮　それは、夜明け前にまき上げ、シートの幕だけになっていました。そして、そのシートが左右に開いたんですよ。

吉村　海面が見えたわけですね。

大宮　そうです。靄《もや》が立ちこめていましてね。進水後のフネを人目にさらさぬためには幸いだったんです。

吉村　それから、どうしました。

大宮　固定台と滑走台の間の安全装置がとりはずされました。小川（嘉樹）造船所長が、銀斧で支綱を切断しました。

吉村　支綱を切断すると、どうなるんですか。

大宮　滑り止め装置が、いっぺんに落下しますから、船台は滑り出すんです。ところが、支綱が切断されても、眼の前の船体が動かんのです。ところが、少し動き、それから、だんだん早く動き出して……。

吉村　嬉しかったでしょうね。

大宮　もう、なんとも言えんでしたね。そのうちに大きな鎖が曳かれはじめて。コンクリートの上を曳かれてゆくので火花が散り、土埃が巻き上って……。声も出ませんでしたが、だれかがバンザイ、と言ったのです。それで、みんなバンザイ、バンザイと叫びましたよ。

吉村　大宮さんご自身は、無事に進水すると思いましたか。

大宮　半信半疑でしたね。十分な準備をしてきたのだから大丈夫だろうとは思っていましたが、なんとかうまいこと滑ってくれりゃいいがと、もう神頼みでしたね。

進水の神様

吉村 海面に浮かんだ「武蔵」を見た時は、どうでした？

大宮 それまでは、誰も部分部分しか見ていないのですよ。私も浮かんだのを見ましてね、こんな格好をしていたのかと思いましたよ。ふとかあーっ（大きい）と、まるで化け物がごと（のように）思いましたよ。

吉村 進水した時のあおりで、港内に津波が起ったそうですね。

大宮 はい、満潮時でしたでしょう。計測すると一メートル二〇センチの高波が起ったんですよ。それで、港に面した所では畳の上まで波に洗われた家もあったとききました。

吉村 船体は、対岸にも突き当らずに停止したんですね。

大宮 進水設計主任の浜田（鉅）さんが計算したんですが、対岸まで二二〇メートルの位置でとまりましたよ。予想とは一メートルの誤差しかなく、大成功でした。翌日、長崎の富貴楼でお祝いの酒を飲みましたがね。その席で建造主任の渡辺工場長から、私と浜田さんに労をねぎらうお言葉をいただきました。嬉しかったですよ。

吉村 大宮さんにとって、武蔵の進水がいちばん印象深かったわけですね。

大宮 はい、武蔵がいちばんですね。おそらく死ぬまで忘れ切らんでしょう。

吉村 現在のご生活は?

大宮 造船所も定年退職しましたが、今でも小さな造船所に頼まれて、進水をやりに出掛けています。隠居仕事です。

吉村 進水の神様ですものね。

大宮 神様なんて、そんなこと。これだけしか知らんのですよ。

Ⅱ

山本連合艦隊司令長官の戦死

山本司令長官の戦死について

連合艦隊司令長官山本五十六大将は、昭和十八年四月十八日、アメリカ戦闘機の奇襲を受けて戦死した。海軍甲事件と秘称された。米軍側が撮影した太平洋戦争の秘録フィルムがテレビなどで映写されるが、画面に山本司令長官の乗る一式陸上攻撃機がアメリカ陸軍戦闘機の銃撃をうけて火を吐くいたましい光景が映し出される。

昭和十八年四月七日、ソロモン、ニューギニア方面に対する海軍航空兵力による「い」号作戦が開始され、満足すべき結果を得て十六日に終了した。その間、山本長官は、トラック島に在泊していた連合艦隊旗艦「武蔵」をはなれ、「い」号作戦を直接指揮するため、幕僚をしたがえてラバウル基地に来ていた。

長官は、ブーゲンビル島、ショートランド島の前線航空基地の将兵の労をねぎらうため、ラバウルからブーゲンビル島のブイン基地をへて、ショートランド島の近くにあるバラレ島基地に赴く予定を立てた。その前線視察計画は、艦隊司令部から関係方面に打電された。

当時、その方面は日本海軍の制空権下にあり、飛来する敵機は高高度から単機で偵察行動をするP38ライトニング程度で、少しの危機感もなかった。

長官らの便乗機は一式陸上攻撃機二機で、一番機に山本長官と幕僚、二番機には参謀長宇垣纏《まとめ》中将ほか幕僚が乗った。

四月十八日午前六時、長官機、参謀長機は、六機の零《ゼロ》式艦上戦闘機の護衛のもとにラバウル基地を出発、ブイン基地に向かった。ブイン到着は八時と予定されていた。

機がブイン基地に近づいた時、突然、P38ライトニング十六機が長官機と参謀長機を襲い、長官機はジャングルに墜落、参謀長機は海上に不時着した。長官機の搭乗者は、山本長官以下全員戦死。参謀長機では宇垣参謀長、北村艦隊主計長、主操縦員林浩二飛曹の三名が救助され、他は戦死したのである。

この奇襲攻撃は、戦後、日本海軍の暗号がアメリカ側に解読されていたことによって計画されたことがあきらかになった。

長官機の護衛任務についた戦闘機隊のただ一人の生存者

柳谷謙治氏の証言

長官機と参謀長機は、六機の零式艦上戦闘機によって護衛されていたが、それは、森崎武中尉を指揮官とする柳谷謙治、杉田庄一各飛行兵長、日高義巳上飛曹、辻野上豊光一飛曹、岡崎靖二飛曹の操縦する戦闘機隊であった。

この六名の操縦者のうち五名はいずれも終戦までに戦死し、重傷を負い右手を失った柳谷謙治氏のみが現在も健在である。

私は、昭和五十一年一月十五日——成人の日に、東京都内に住む柳谷氏のお宅を訪れ、長官機遭難の折の話をおききした。氏の手もとには飛行記録を記したノートが保存されていて、それをたどりながら話されるので、当時の緊迫した情勢が私の胸にも強くしみ入った。

話し終った後、氏は、

「終戦後、これほど長くあの時の話をしたのは初めてですよ」

と、しんみりした口調で言った。

「長官機の遭難の時のことについては、余り話したくないのですか？」

私は、取材ノートとテープレコーダーをボストンバッグにおさめながらたずねた。

「決して名誉なことでもないし、たしかに歴史的意味のある出来事に関係したわけですが、自分からすすんで表面に出て話すのも性に合いませんから……」

端正な顔をした氏は、頬をゆるめた。

氏の右手は戦闘によって失われ義手であるが、車に乗せていただいた私は、運転が実に安定感にみちていて、氏が秀れた戦闘機乗りであったことをあらためて感じた。

横須賀海兵団へ入る

吉村 お生まれはどこですか。
柳谷 北海道の美深町、士別の在になります。
吉村 生家は、どんなご職業だったのですか。
柳谷 農業です。祖父は、鳥取県から屯田兵として北海道へ来た人で、さらに樺太《からふと》へ渡ったんです。日露戦争で樺太の南半分が日本領になったでしょう。その開発のため樺太に渡ったわけです。私の父も一緒に……。
吉村 一家そろって行ったということですね。
柳谷 そうですね。ですから、私もそこで少年期を送ったのです。
吉村 樺太のどこですか。
柳谷 泊居《とまりおる》です。
吉村 そこでも農業を？
柳谷 そうです。
吉村 どんな作物が出来るんですか。
柳谷 土地を何十町歩ももらっていたので、山もあれば川もある。広い、ちょっとした町くらいの土地があるわけですよ。それを耕作しましたが、余りいいものはとれない。

柳谷謙治氏

ジャガイモ、トウモロコシ、小麦とか。米はとれません、水田ができませんから。一般の野菜、キャベツ、大根とか。

吉村　いいところだそうですね、樺太というところは。

柳谷　そうです。しかし冬は寒くて……。

吉村　そこにずっとおられたわけですね。

柳谷　小学校から尋常高等小学校を卒業しまして、二年ぐらいおやじと一緒に農業をし、それから造材の手伝いもしました。パルプの材料です。

吉村　どんな木ですか。

柳谷　エゾ松とか、そういうものですね。高等小学校を卒業後、二年ほどおやじの手伝いをして、それから王子製紙会社に勤めました。昭和十年でした。

吉村　工場で働いたわけですか。

柳谷　そうです。

吉村　日給ですか。

柳谷　そうです。一日六十銭ぐらいですね。ですから、一カ月十八円とか二十円ぐらいというところです。しかし、それでも楽でした。石炭が一トン四円五十銭。暖房に石炭を使うんですよ。一トンあると、どんどん暖房なんかに使っても、二カ月はあったんじゃないでしょうか。

吉村　会社にどのくらいおられたんですか。

柳谷　軍隊に入るまでです。昭和十四年に徴兵検査を受け、甲種合格でした。

吉村　海軍に入ったわけですね。

柳谷　いや、海軍と言うわけではなく、航空兵として軍隊に入ったんです。陸軍か海軍かもわからなかったんですが、横須賀海兵団に昭和十五年一月十日に入団しました。

吉村　樺太から横須賀までどういうようなコースで行ったんですか。

柳谷　大泊までは汽車で、そこから宗谷丸という連絡船に乗って稚内《わっかない》まで。汽車で函館へ。また連絡船に乗って青森、それから東京へ。

吉村　大変ですね。

柳谷　ずいぶんかかりました。

海兵団から予科練

吉村　海兵団に入られてからは?

柳谷　海軍四等航空兵として、一般の基礎教育を半年うけました。ものすごくきびしいものなんですよ。まず言葉。横須賀の場合、横須賀管轄ですから、樺太から北海道、東北、関東。

吉村 静岡あたりまでですね、せいぜい。

柳谷 ですから言葉が、青森弁もあれば秋田弁もある。方言を使うと叱られましてね。軍隊の言葉に慣らされるわけですよ。それが大変でした。

吉村 でも、樺太の場合は標準語に近いんじゃないですか。

柳谷 青森とか秋田なんかよりは幾らかいいようですけれども、しかしかなり方言があって、矯正されるんですね。そんなこともあって海軍の基礎訓練を半年間たたきこまれました。それから実施部隊へ廻されまして、航空実習を受け、横浜海軍航空隊の飛行艇の飛行機員として配属されました。さらに予科練の試験を受け、合格しまして、翌十六年の一月に第三期飛行予科練習生偵察専修として、土浦の予科練に入りました。ここで二、三カ月基礎訓練をやりまして、十六年四月二十八日に卒業し、同時に十七期飛行練習生となりました。

吉村 （柳谷氏の資料を読みながら）十六年四月二十八日には、第三期丙種飛行予科練習生操縦専修教程を卒業ですね。十六年一月二十四日に入ったときは、偵察専修だったわけですか。

柳谷 そうです。予科練では、操縦員か偵察員か、どちらが向くかということで適性検査をやる。その検査で操縦専修になって、第十七期飛行練習生操縦（艦上機）専修者として筑波海軍航空隊に入隊したんです。ここで赤トンボで訓練するわけです。これを半年くらいやりました。

吉村　十六年五月一日に、海軍二等航空兵になったのですね。

柳谷　そうです。そのうちに、おふくろが亡くなりまして、樺太の泊居に帰りました。休暇を八日間もらって……。往復八日、滞在七日で休暇を半月間もらえたんです。往復で八日間というのは、片道四日間かかるからなんです。本当は四日もかからないんですけれども、余裕を見てくれましてね。連絡船に乗ったり、いろいろあるものだから……。それで滞在が一週間ということで帰ってきたわけです。

その後、赤トンボの教程を卒業し、十七年三月三十一日に、大分の海軍航空隊に戦闘機専修者として配属になり、約半年間訓練をうけました。それから第六海軍航空隊、木更津の戦闘機隊に配属になりました。ここで、東京初空襲がありましてね、うちの航空隊が迎撃したんです。四月七日に入隊して十日後の四月十八日でした。

吉村　その時、柳谷さんはどうなさいました?

柳谷　私は基地にいて、訓練しておりました。

吉村　大変な騒ぎだったでしょうね。

柳谷　そうでした、初来襲ですから……。

吉村　基地にいて、飛行機には乗らなかったわけですね。

柳谷　飛行機には乗っていましたけれども、迎撃には出ませんでした。

吉村　その当時、木更津航空隊の戦闘機の機種は、何だったんですか。

柳谷　ゼロ戦です。九六戦も一部ありました。大分基地はほとんど九六戦で、私は大分で九五戦と九六戦の両方で訓練をうけました。木更津に来まして、私達は一番若く、教程も終ったばかりなので、ゼロ戦にはのらず九六戦でした。

吉村　九六戦のほうが乗りいい、なんて言う人がいますが。

柳谷　九六戦は、操縦性能はいいんですけれど、高高度になると弱いですし、離着陸が不安定でした。その点ゼロ戦のほうが安定しています。そのゼロ戦には、名パイロットの宮野大尉らがいましたが、新郷（英城）大尉が隊長でした。

山本長官機の護衛戦闘機に乗る

吉村　ゼロ戦にも乗るようになったのですね。

柳谷　最初のうちは九六戦とゼロ戦の両方に乗りましたが、最後はほとんどゼロ戦です。

吉村　もうすっかり慣れてきたわけですね。

柳谷　夜間飛行訓練をやったり、空戦、二対一空戦とか、B17への攻撃方法とか。

吉村　十七年五月一日には、海軍一等飛行兵になったのですね。

柳谷　そうです。そして、ラバウル基地に配属になりました。

吉村　ラバウルへ行くと、すぐ空戦を経験しましたか。

柳谷　もう実戦ですよ。迎撃、上空哨戒、敵機追撃。

吉村　アメリカの飛行機はどんな機種ですか。

柳谷　B17、B24、それからグラマンP38。——だんだん変わってくるんです、向こうも。最初はグラマンのF4F、そのうちにF6Fになり、敵のほうもだんだん性能がよくなってくるんですね。それでゼロ戦も二一型、二二型、それから翼の切れた三二型と改良機が送られてきました。

吉村　ゼロ戦のほうが、アメリカ機よりも強かったのですか。

柳谷　当時はまだゼロ戦が、絶対有利でしたね。敵がゼロ戦を一番恐れていた頃じゃないですか。

吉村　柳谷さんご自身、撃墜したこともあるわけですか。

柳谷　撃墜しています。

吉村　主に戦闘機ですか。

柳谷　そうです。

吉村　何機ぐらい撃墜したんです?

柳谷　公認、非公認といろいろありましてね。共同撃墜もありますし、一人で落としたこともあれば、みんなでやったこともある。

吉村　そうでしょうね。

柳谷　たとえばB17が来ますね。三機が迎撃して落とします。そうすると三人とも撃墜ということになります。共同撃墜です。

柳谷飛行兵長が搭乗したゼロ戦32型機。ラバウル飛行場で

ラバウルの東飛行場風景

吉村　そういうのも含めて、どうでしたか。

柳谷　私は、正直言って八機ですね。

吉村　八機の内容というのは、どういうものですか。

柳谷　共同撃墜を入れれば十八機ぐらいになるんですけれども。一遍に何機も落として
います。三機とか何とか。

吉村　日もわかりますか、それは。

柳谷　わかります。私の撃墜した八機というのは、海軍の戦闘行動調書に出ています。
これは戦闘行動調書として、防衛庁にも残っていますよ。

吉村　話が前に戻りますが、柳谷さんは、ラバウルで戦闘機だけに乗っていたんですか。

柳谷　そうです。

吉村　階級は？

柳谷　五月に二等飛行兵曹、十一月に一等飛行兵曹です。

吉村　ラバウルに配属されてからは、山本五十六司令長官を見たことがございました
か？

柳谷　ええ。宿舎を出入りなさるところや、遠く歩いているのをみたことはありました。
基地に来ておられるということはわかっていましたが、雲の上のような方ですから、近
づくこともできませんよ。

吉村　山本長官機の護衛をするということは、いつ言われたわけですか。

柳谷　前日です。
吉村　何時ごろですか。
柳谷　いろいろ記録があるんですが、前日の午後三時ごろですかね。ソロモン・ニューギニア方面の作戦（い号作戦）が一段落して、長官一行が、ブイン、ショートランド方面の基地の指揮官や将兵の苦労をねぎらうために、二機で行くと……。二機ですから、一機に三機の護衛機がつく、つまり六機の戦闘機ですね。搭乗員は前日に指名され、翌日の朝六時何分に出発ということで、前の日から言われておったわけです。
吉村　柳谷さんは、その頃、階級は何だったんですか。
柳谷　飛行兵長です。
吉村　護衛戦闘機隊の指揮官はどなたですか。
柳谷　森崎（武）という予備中尉でした。
吉村　その方は優秀な方なんですか。
柳谷　戦争が激しくて、隊長に宮野（善治郎）という大尉がいて、あとその次には中尉、大尉の指揮官がいたんですけれども、全部戦死しちゃったんですね。それで指揮官というとその宮野隊長、その下に森崎中尉がいて、指揮をとっていたのです。

その前夜

吉村　もちろん優秀な戦闘機乗りばかり集めたわけですね。

柳谷　五百時間くらいは戦闘機に乗っている者たちでしたから、超ベテランではないけれども、中堅どころと言ったところです。ラバウルを中心に半年以上も飛び回っていた連中ですから……。空戦をして敵機を何機も撃墜している。

吉村　地理的にもよくわかっているわけですね。

柳谷　ええ、それは十分わかっています。後に、護衛戦闘機の搭乗員が未熟な者たちだったとか、少なくとも優秀じゃなかったとか、いろいろな評がありましたけれども、私達はそうは思わないんです。当時としては、地理に明るいし、ブインまでくらいは目をつむ

南方洋上を飛行中の一式陸上攻撃機の編隊

基地の宿舎前に立つ山本司令長官

っていても飛んでゆける。余り敵の飛行機も来ない。日本側が制空権をにぎっていた地域ですから、そこでまさか待ち伏せされるということは考えていなかった。

吉村　とすると、護衛と言っても、余り緊張感はこれと言ってなかったのですか。

柳谷　ありません。ただ儀礼的に長官機と参謀長機についていればいいというような……。もちろん空戦はいつでもできる態勢をとっていましたけれども、まさか敵機が来るという想定などはしていなかったわけです。想定していたら六機で行くわけはありませんから……。

吉村　そうですね。多くの戦闘機をつけますね。

柳谷　ええ。必ず出て来るところに行くんだったら、おそらく二十機も三十機もで行きますが、そういうところじゃなかったんです。ブインにも戦闘機隊がおりますし、ショートランド各地には見張りがおりますから、たとえ敵機が入って来ても、その見張りに引っかかるわけですよ。そのときは、敵機が低空で来たので見張りにも引っかからなかった。レーダーにもキャッチされないような超低空で飛んで来て、迎撃してきたんですよ。

吉村 前日は空戦もなかったんですか。

柳谷 ありません、前日も前々日も。十四日で大体ソロモン方面の作戦も終り、一息ついたところですよ。三、四日お休みと言ったら変ですけれども、特別な作戦予定はなく、のんびりしていたんです。

吉村 長官や参謀長の乗った飛行機は、一式陸上攻撃機ですね。

柳谷 そうです。

吉村 当日の天候はどうだったんですか。

柳谷 良かったです。

吉村 ラバウルからそのまま発ったわけですね。山本長官一行は基地に来ていたわけですか。

柳谷 作戦中にラバウルに来ておられたんです。作戦が終了したので、トラック島にいた旗艦の「武蔵」へ幕僚の方たちともどるについては、さっき言った通り、前線基地の将兵の労をねぎらい励ますために、長官一行はブインの方へ出向いて行くことになったわけです。

吉村　その日の朝、起床は何時でした？
柳谷　起床は、軍隊ですから、五時半とか六時です。それからすぐ飛行場に行きました。長官機は大型機ですから、西飛行場という中攻隊の山の上の飛行場から出発する。ゼロ戦は下の東飛行場から飛びたつ。向こうが離陸した、こっちも離陸――ということで。
吉村　ほとんど同時に離陸したんですか。
柳谷　いや、戦闘機のほうが先です。こちらのほうがちょっと先に離陸して、ある一定の高度をとって待っているという形ですね。
吉村　何メートルぐらいの高度で待ったんですか。
柳谷　一五〇〇メートルぐらいです。そうしましたら、長官機と参謀長機がまっすぐ上ってきました。飛行中の高度は、一式陸攻が二五〇〇メートル、戦闘機隊はそれより五〇〇上の三〇〇〇メートルです。非常にいい天候で、スコールもないし。
吉村　そうすると、すぐ海ですね。
柳谷　ええ、海です。ラバウル湾で集合しまして、一式陸攻の長官機と参謀長機の斜め右の後方に、三機と三機がついて……。
吉村　何メートルぐらい後方なんですか。
柳谷　完全に護衛のできる、敵機がどこから跳び出して来てもすぐ前へ行って落とせるというような位置ですから、何メートルと言いましても……。そうですね、至近距離です。

吉村　五、六〇〇メートルですか。

柳谷　そうですね。すぐ見える、抱きかかえるような態勢と言いますか、すぐ覆いかぶされるような、ちょっと後方ですけれども。前には出ませんが……。

吉村　雲なんか、余りなかったんですか。

柳谷　余りありませんでした。雲の中を突っ切っていくようなことは、一回もなかったです。雲はもちろんありますよ。入道雲もあり、いろいろな雲はありましたけれども、朝ですし、非常に気流もいいし、気象状況は最高でした。

吉村　海の上に何か見えたものはありませんでしたか。

柳谷　余り見えなかったですね。輸送船か何か味方の船が、向こうへ向かって行ったり、帰って来るという船が何隻かあったようですけれども……。

長官機を襲うP38

吉村　海上も、安全地域なんですね。

柳谷　そうなんです。空も自分の庭のようなものです。制空権は支配しているし、基地から基地へ行くんですからね。護衛がなくても行けるようなところなんですが、しかし長官が行くということで六機のゼロ戦がついたわけですね。

吉村　順調に飛行していったわけですね。

山本五十六長官搭乗機の撃墜命令をうけて
ブイン上空に来襲したアメリカのP38双胴の戦闘機の同型機

柳谷 そうです。やがて、ブーゲンビル島が見えてきまして、高い山のかげにブーゲンビル島南端にあるブインの飛行場が見えてきたんです。戦闘機は海岸寄りに六機ついてゆく、長官機はもう陸地の上の空を飛んでいましたから、飛行場も見えてきたわけですよ。マッチ箱のように飛行場が見えましてね。

吉村 ブーゲンビル島は、美しい島なんですか。

柳谷 ジャングルですから、美しいというか、緑一色です。緑の島です。

吉村 緑のところに、ポコッと飛行場が見えるわけですか。

柳谷 そうです。飛行場だけが赤土ですから、マッチ箱のように見えるわけです。

吉村 そこにも、もちろん航空隊がいるわけですね。
柳谷 戦闘機と艦爆隊が、常駐しておりました。
吉村 強力なんですか。
柳谷 何十機か配属されていましたね。山本栄大佐の指揮、それから進藤三郎さんが飛行隊長で、ここに常駐しておったわけですけれども、長官機が来るというので、飛行場を清掃して待っていたそうですよ。
吉村 出迎えに行くなんていうことは、なかったんですか。
柳谷 ありません。私たちが護衛してゆくというので、飛行機は飛び立たない。飛び立ちますと飛行場に埃がバーッとたち、汚れますから……。後で聞いたところによると、夜通し散水車で、飛行場を埃ひとつたたないように整備して待っていたそうです。
吉村 もう高度を下げはじめていたんですか。
柳谷 そろそろ高度を下げようというところでした。一式陸攻が二五〇〇メートルの高度を徐々に下げて、飛行場に下りる態勢をとろうとしていた矢先ですよ。下げてはいませんでしたけれども。
吉村 どっちの方向から敵機が来たんですか。柳谷さんは、気づきましたか。
柳谷 ショートランド島のほうから低空で、気づいたときにはもう近くまで回り込んできていましたね、双発双胴のP38ライトニングが……。十六機とか二十四機とかいろいろの説があるようですけれども、数十機はいたように感じました。私たちの高度は三〇

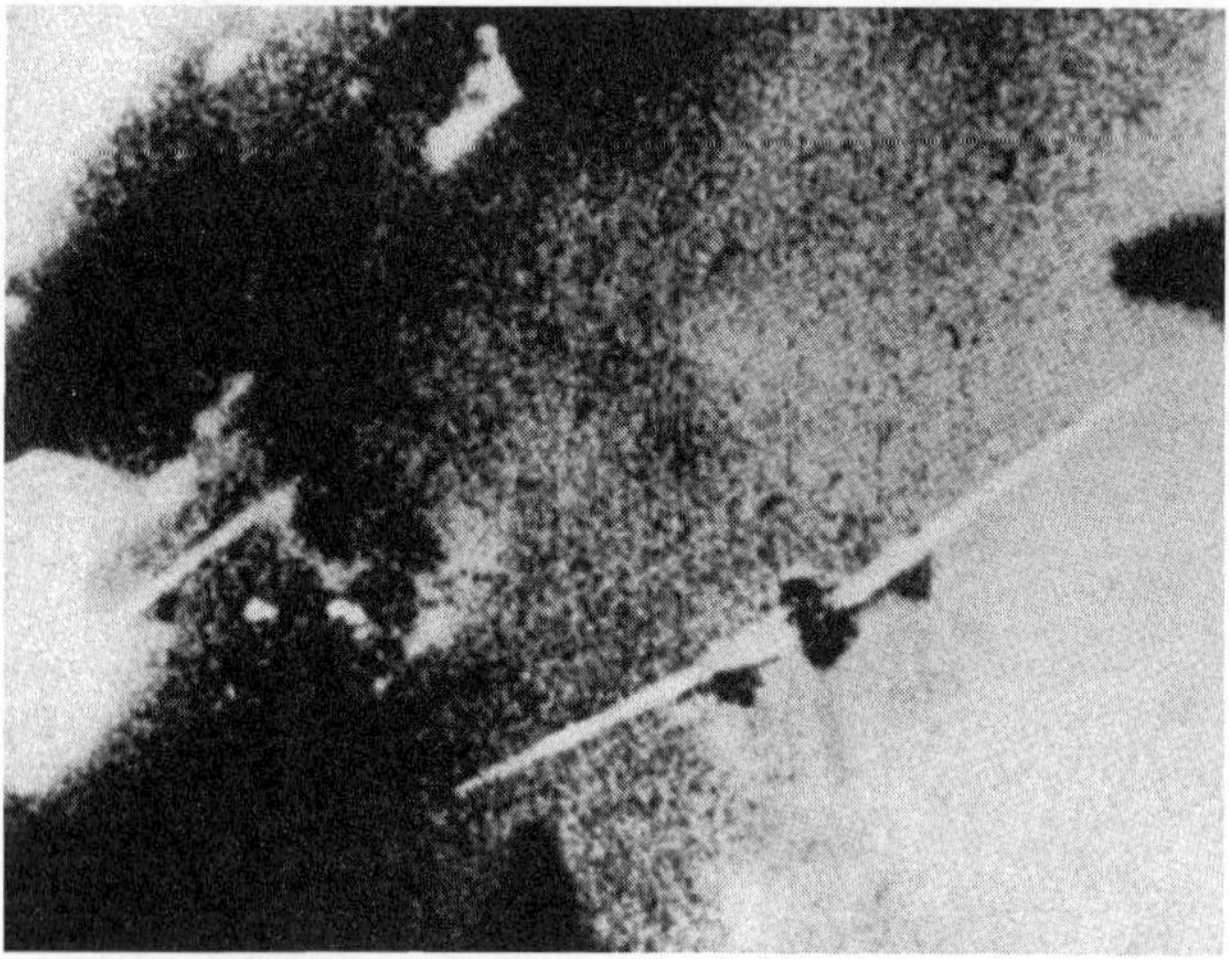

待ち構えていた米軍P38戦闘機の攻撃を受け、
被弾、炎上する山本五十六長官搭乗の一式陸攻

○○メートル、長官一行の一式陸攻は二五○○メートル。敵機は、高度一五○○メートルぐらいで急速接近してきましたよ。下方からですから、私たちの方の発見が、瞬間的にやや遅かったんじゃないかという気がするんです。上の方にいたので、迷彩色の敵機が、ジャングルの緑と重なり合ってわかりにくかったんです。敵は、下の方を飛んでいて上の方の空を飛ぶわれわれの機がよくわかったはずです。完全に射撃態勢をとって、バーッと低く、回り込んできましてね。回り込む、というのは、攻撃態勢で突っ込んでくるという私たちの専門用語です。敵の一番機がバンクしまして、一式陸攻に突っ込んでいきました。同時に、われわれも

すぐ気がついたんです。

すでに敵機が回り込んできているものだから、もちろん一式陸攻は、全速で飛行場の方へ逃げる。私たちも、これに向かっていったわけです。しかし、前の三機、五機を射撃で追い払っていると、他の敵機が後ろから回り込んでくる。これではだめですから、態勢を整えて二撃目を加える。その間に、他の敵機が、長官機の後ろについて射撃しているんですよ。

とにかくP38というのは馬力が強いですから、上昇力は、あのときでもすでに零戦よりやや上回ってたんじゃないでしょうか。エンジンが二つついていますしね、馬力があります。逃げる性能は、零戦よりも上回っていた。ただ空戦やる場合は、まだまだ零戦のほうがいいのですけれど、一撃して逃げる性能は、すぐれている。しかし、零戦と空戦するのは不利で、一機も向かってこない。私たちのことを、一部の航空参謀とか海軍の偉い人が、あの連中は未熟で何をやっていたんだと……。死んで帰るならいいが、生きて帰るなんてもってのほかだなんて、容易にそういった批評をした人もいたようですが、そんなものじゃないと思いますよ。

敵機の数は多く、一機追っ払っても後続機がズラーッといて、六機ぐらいではとても……。こっちが十八機、二十機だったら、あるいは体当たりしてでも落としますがね。

吉村 最初見たときは、まだ撃ってなかったんですか。

柳谷 撃ってないです。まだ近づかないですから、回り込みの態勢だったんです。それで、私たちも急速に行動を起こしたわけですよ。それで、トップにきた敵機を撃退したのですが、後続機が一式陸攻を攻撃していましてね、多勢に無勢といいますか、どうすることもできないんです。敵機は、一式陸攻に目標を定めて突っ込んでくるんですから、必死でくるんですから、手に負えないんです。

吉村　こういうことはいえませんか。私もよく東京でB29の空襲を見ていたんですが、それを迎撃する日本の戦闘機が一撃して反転し、またB29を追うときは、たいへんな距離が開いている。

柳谷　開くんですよ。一撃して、もう一回向こうの飛行機をたたき落とすという態勢を整えるには、そうとうな時間がかかる。

吉村　護衛戦闘機がP38を追撃しているあいだに、ほかのP38が一式陸攻のほうへくっついちゃったという感じなんですね。

柳谷　そうなんです。そのうちに、P38を撃退して態勢を整えた時には、長官機か参謀機かわかりませんが、一機は黒煙を吐いてジャングルのほうに突っ込んでいくし、他の一機も白い煙を吐いて海上のほうへ……。

吉村　別々にですね。

柳谷　そうです。奇襲をうけたので二機が逆の方向へ分れたんです。二機一緒ですと、目標が集中してしまいますからね。海のほうへ一機が不時着、一機はジャングルに突っ込んでゆきました。海に不時着した機は、炎上はしませんでした。

吉村　水しぶきを上げて落ちるのが見えたんですか。

柳谷　そんな細かいところは見ていません。見ていませんけれども、態勢をたて直して見たときには、ジャングルに落ちた機から煙が上がっていました。

吉村　炎も上がっていたんですか。

柳谷　炎も少しみえましたね。煙は真っ黒で……。そんなことを見ている暇はなく、私はブインの飛行場へ直行しまして、飛行場の左のほうから突っ込んで行って、低空二〇〇メートルくらいで、緊急合図の射撃をバーッとしたわけですよ。緊急事態発生ということを知らせたわけです。基地でも気づいて、何かあったらしい、おかしいというので戦闘機が急上昇してきたわけです。私は、すぐに引返して敵機をとらえようとしたのですが、すでに退去したらしく一機も見えません。しかし、敵機はガダルカナルの基地にもどってゆくはずですから、それを追いかけたんです。どんどん高度をとって約三十分追ってゆきましたらね、コロンバーラ島附近を、P38が単機で悠々と飛んでるんですよ。高度三五〇〇メートルで飛んでいる。向こうは気がつかないわけです。私はP38よりも一〇〇〇メートルぐらい高度をとりましてね。一撃のもとに撃ったんですよ。命中しました。墜落はしませんでしたけれども、真っ白い燃料をスーッと吐いて、海のほうへ突っ込んでいきました。おそらく不時着したか、帰れなかったのではないでしょうか。それで機首を返して引返しましたが、私がブインの飛行場に下りたのは一番あとでした。岡崎（靖）二等飛行兵曹機はエンジン故障で、ショートランド島の近くのバレラ島飛行場に着陸していました。

吉村 五機が帰ったわけですね。

柳谷 そうです。米軍の公式記録によると、「ゼロ戦を二機撃墜した」と言っていますけれども、そのような事実はありません。

吉村 すると、柳谷さんたちの護衛戦闘機がP38を追い払っているうちに、他のP38が長官機と参謀長機を襲ったというわけですね。

柳谷 そうです、残念ですが……。飛行場におり立ったら、森崎中尉が基地の指揮官に報告していました。一機はジャングルに不時着し、炎上。一機は海上に不時着、これは大抵大丈夫じゃないか、ジャングルに突っ込んだ機に乗っていた者は多少けがをしたかもしらんけれども、戦死ということはないのではなかろうか……と。確認していませんが、希望的にですね。

司令長官の戦死発表まで

吉村 みんな真っ青になっていましたか。

柳谷 非常に緊張していましたね。

吉村 柳谷さんは、それからラバウルへ引返したんですか。

柳谷 すぐには引返さず、訓辞を受けたり、たしか昼食もブインで食べたような気がする。しかし、何時に帰って来たかということは……。午後には間違いないんですが。

吉村　どんな訓辞があったんですか。

柳谷　訓辞というよりも、重大なことなのだから、一切他言するな、と。海軍だけではなくて全軍の士気に影響することも考えられるから、慎重な行動をとるようにという訓

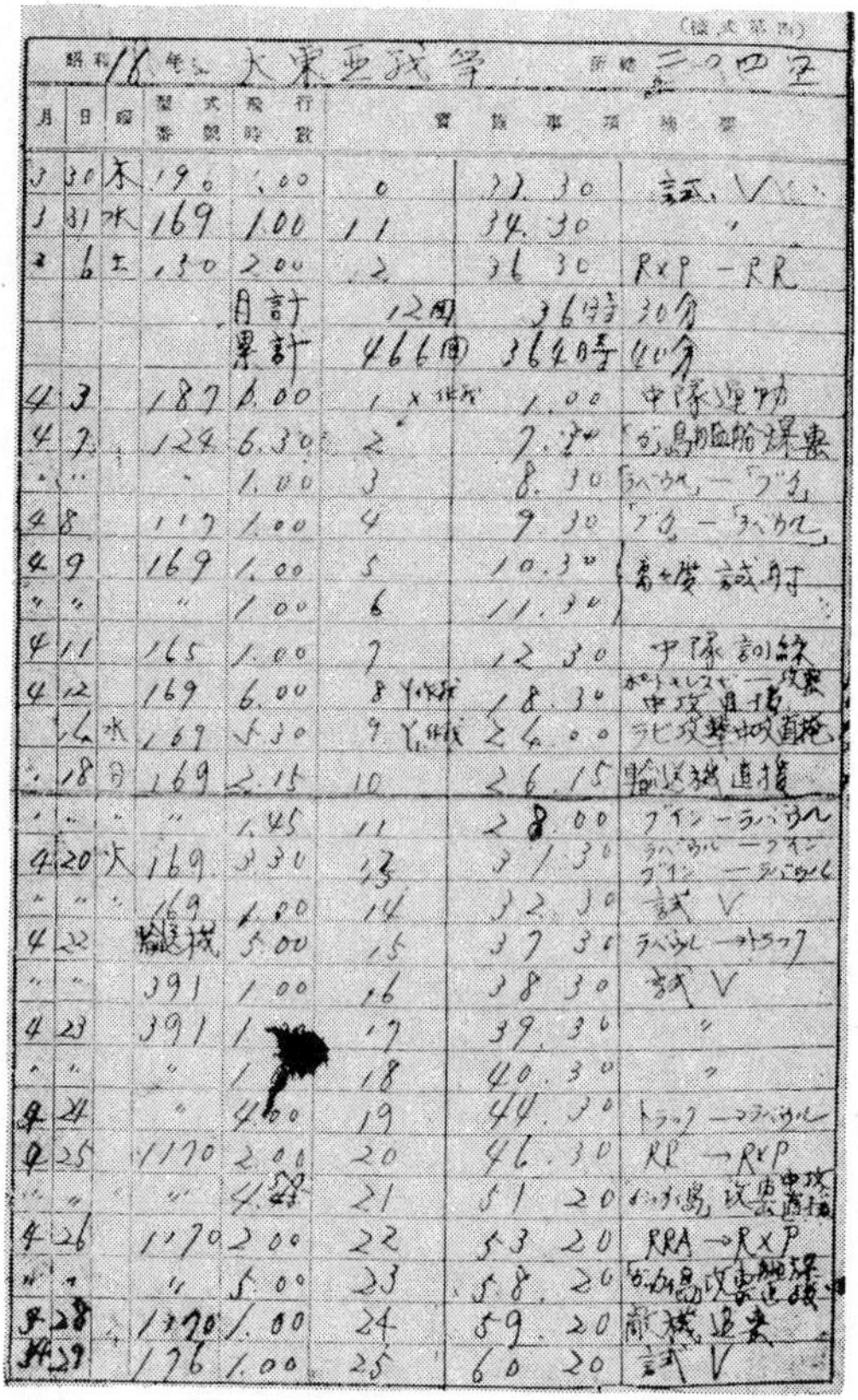

(様式第四)

昭和 18 年　大東亜戦争　所属 二〇四空

月	日	曜	製式番號	飛行時數	實施事項摘要		
3	30	木	190	1.00	0	33.30	試V
3	31	水	169	1.00	11	34.30	〃
4	6	土	130	2.00	12	36.30	RXP－RR
				月計	12回	36時	30分
				累計	466回	364時	40分
4	3		187	1.00	1	1.00	中隊運動
4	7		124	6.30	2	7.30	「ガ」島艦船攻撃
〃	〃		〃	1.00	3	8.30	「ラバウル」－「ブカ」
4	8		117	1.00	4	9.30	「ブカ」－「ラバウル」
4	9		169	1.00	5	10.30	高々度試射
〃	〃		〃	1.00	6	11.30	
4	11		165	1.00	7	12.30	中隊訓練
4	12		169	6.00	8	18.30	ポートモレスビー攻撃 中攻直掩
〃	14	水	169	5.30	9	24.00	ラビ攻撃中攻直掩
〃	18	日	169	2.15	10	26.15	輸送機直掩
〃	〃	〃	〃	1.45	11	28.00	ブイン－ラバウル
4	20	火	169	3.30	13	31.30	ラバウル－ブイン ブイン－ラバウル
〃	〃	〃	169	1.00	14	32.30	試V
4	22		輸送機	5.00	15	37.30	ラバウル－トラック
〃	〃		391	1.00	16	38.30	試V
4	23		391	1.[illegible]	17	39.30	〃
〃	〃		〃	1.00	18	40.30	〃
4	24		〃	4.00	19	44.30	トラック－ラバウル
4	25		1170	2.00	20	46.30	RR→RXP
〃	〃		〃	4.50	21	51.20	[illegible]島攻撃中攻直掩
4	26		1170	2.00	22	53.20	RRA→RXP
〃	〃		〃	5.00	23	58.20	[illegible]島攻撃艦船攻撃
4	28		1170	1.00	24	59.20	敵機追撃
4	29		176	1.00	25	60.20	試V

当時の航空記録。昭和18年4月18日
長官機出発の日のところ（太線）参照

辞でした。

それからラバウルに帰って来て、基地の司令官に報告したんです。

吉村 柳谷さんはラバウルに帰ってどこにおられたんですか。自分の宿舎に帰ったんですか。

柳谷 いえ、すぐには帰らずに、飛行場の指揮所でしばらく待っておれということで……。そこで司令から、連合艦隊の重大な事故だから、宿舎に帰っても絶対に口外するな、と。全軍の士気に影響することだから、何かこちらの指示があるまで絶対に口外してはいかん、と。その訓辞を受けて待機所幕舎に帰ったわけですけれども、言うなと命じられたものですから言えないです。隊の者が「どうしたんだ」と言うものですから、全然言わないわけにもいかんので、P38の襲撃を受けて長官機が不時着したけれども大丈夫だったという程度のことを口にしましたよ。

しかし、隊の者は察知していましたね。不時着と言っても、落ちて炎上すれば、もう助かりませんし……。

吉村 話が前後しますが、ブインで不時着機を捜すという動きは、すぐにあったのでしょうか。

柳谷 偵察機が捜索しています。それからすぐに、陸海軍合同の捜索隊が向かっています。それは基地の指揮官が指揮してやっていることで、私たちにはわからないのですが、偵察に出たということは聞きました。その結果がどうなったかということは知りません。

当時は、ほとんど何にもわかりませんでした。

吉村　その後、どうなさいました。

柳谷　二十日に、また飛びました。

吉村　目的は？

柳谷　不時着機の捜索です。ブインとラバウルを往復しました。捜索は、奇襲を受けた私たちでないとわからんですから……。このときは宮野隊長が指揮官で、森崎中尉と私たちが行きました。

吉村　その後は？

柳谷　四月二十二日に、森崎中尉をはじめ護衛戦闘機隊の六名の者だけで、トラック島へゼロ戦を取りに行かせられました。九六式陸攻に乗りましてね。それでトラック島で、試飛行をやって、二十四日にゼロ戦をもらってそれを操縦してラバウルへ引返しました。

吉村　なぜ六名だけが、トラックに行ったんでしょう。

柳谷　ラバウルにわれわれがいると、なにかへたなおしゃべりでもされたら困るし、飛行機を取りにでもやらせろ、というわけなんでしょう。それに、悩んでいるわれわれの気分転換の意味もあったんだと思いますよ。

吉村　座をはずさせるというような……。

柳谷　そういうわけですね。いろいろ上層部の意志が働いていたかもしれませんね。

吉村　その後、いつ頃長官の戦死を知ったわけですか。

柳谷　約一カ月ぐらいたってから発表になりましたから……。その前に司令長官が、古賀峯一大将に交代になっていたんですね。その時は、むろん山本長官の戦死は知らなかったんですが、五月十日にトラックへ飛行機を取りに行った時、旗艦「武蔵」に長官旗が上がっているんですよ。それで「山本長官が生きていて帰って来ているんだ」ということになりましてね。そのうちに、司令長官が、艦橋に出ているのを基地の見張り員が双眼鏡で見たんです。が、どうも山本長官とは違うようだ、背が少し高く、体も大きい、と。山本長官とはちがう人が艦橋に立っていると、もっぱらの評判なんですよ。それで私は、山本長官は戦死し、代わりの長官が来たのかな、と思いましたよ。しかし、まだ発表がないですよね。発表は、それから十日ほどしてからでした。

吉村　その間、山本長官は生きているなんていう噂もありましたか。

柳谷　それが余り出ないんですよね、不思議なんです。デマもありましたけれども、生きているというようなことは聞かなかったですね。中には、原住民に助けられて今、山を下っているなんていう情報も、ちょっとはありましたが……。

吉村　柳谷さんたちは、責任を問われるということはなかったんですね。冷たい目で見られるとか。

柳谷　ありませんでした。

吉村　その後、護衛戦闘機隊の隊員の中には、戦死した方もいるんでしょうね。

柳谷　私以外は、全員戦死しました。毎日のように出撃ですから……。

吉村　これは一つの想像ですが、指揮官が、柳谷さんたちに死地を選ばせてやろうというような気持もあったんでしょうか。

柳谷　それは私たちにはわかりませんが、私たちとすると、基地にいるよりも戦闘に従事していたほうが気が楽なんですよ。

吉村　そういう心理になりますかね。

柳谷　基地にいて、長官の生死はどうなのか、責任問題は？　とか、他の隊員になにも言ってはいけないんだとか、そんなことを思い悩んでいるよりも、飛んでいたほうがいいですから。我々としては、作戦に参加していたほうが気が紛れるわけですよ。そうしたこともあって、出撃の回数が比較的多くなったですね。

吉村　自分ですすんで、ということですか。

柳谷　いや、そうじゃありませんが……。

吉村　自然にそういうふうに命じられて、結局そのほうがよかったということですね。

柳谷　そうです。ですから、私の五月の戦闘記録をみても、出撃は二〇、二三、二四、二五、二六、二八、二九、三〇、一、二、三、四日――と連日ですよ。

吉村　何か責任を問われるんじゃないかという恐れというか、そういうような不安もありましたか。

柳谷　責任を問われるという不安より、責任問題を超越した戦争の深刻さと言いますか、それ以上の重い責任といいますか、やらなければならん、戦わなければならんという気持ですよ。何とか劣勢を立て直す。それにはわれわれがやらなければならんというような。

吉村　柳谷さんが負傷なさったのは、いつですか。

柳谷　六月六日です。私が一小隊の四番機で、一番機が宮野飛行隊長、二番機が辻野上一飛曹、三番機が大原飛行兵長でした。

吉村　このときの戦闘は、どうだったんですか。

柳谷　ガダルカナル島方面のルッセン島の飛行場に、敵機が大増強されましてね、味方の前線基地が脅かされていたんです。そのために、この飛行場を潰滅させたいんですけれども、艦爆、中攻などが行っても全部やられちゃうんです。

吉村　相当強力なんですね。

柳谷　近付けるのは戦闘機だけです。戦闘機だけは、敵も恐れていましたから戦闘機が行くんですけれども、銃撃では間に合わず、飛行機を一挙に焼き払おうという作戦を立てたのです。

吉村　具体的に、どんな作戦だったんですか。

柳谷　三〇キロの焼夷弾を二基、ゼロ戦にかかえさせて行くわけですよ。それで高度八〇〇〇から六〇〇〇まで緩降下ダイブして、焼夷弾を落とし、敵の飛行場を焼き払うんです。爆弾をかかえて行ったのは一二機です。

空中戦で右手を失う

吉村　指揮官は、誰ですか。

柳谷　宮野飛行隊長です。

吉村　この日も、天気はよかったんですか。

柳谷　よかったんです。

吉村　ルッセン島へ行ったわけですね。

柳谷　そうです。敵飛行場へ行って焼夷弾を落とすために高度を下げましたが、上空にグラマンがいっぱいいるんですよ。ともかく焼夷弾を落としたんです。飛行場へばらまいたんです。そして、引き起こしにかかったら、グラマンが二機突っ込んできた。その発射した弾丸が、操縦席の前から一発来て、操縦している私の右手へ直撃したんです。

吉村　どこら辺に当たったんですか。

柳谷　操縦桿を持っていますね、その手の甲に……。操縦桿の頭のジュラルミンと手がふっ飛んだ。小指が残っていましたね。小指と飛行手袋が、ぶらさがっている。

吉村　瞬間的に、どんな感じがするものですか。

柳谷　痺れたような感じですね。何かガーンときたな、というような。手が痺れたなと思ってちょっと見たら、もうふっ飛んじゃっていて……。足も、やられました。これはいけないというので、左手に操縦桿を持ちかえて高度を下げましたら、それ以上グラマンは追って来なかったですね。

吉村　痛かったでしょうね。

柳谷　痛いというか、高空ですから気圧の関係で血が吹き出して……。足から出た血が、飛行靴に入ってまるでドブに入ったみたい。足のほうは鈍痛ですが、手が痛くて……。基地のムンダまで三十分ぐらいかかりましたかね。このままじゃ、意識を失ってしまうと思いまして、銃剣術の気合いをやりながら帰って来たんです。ムンダ飛行場といっても不時着場で、六〇〇メートルぐらいの滑走路しかない。それでも普通なら脚を出して、着陸できるんですが、私の場合は、右手をやられていますので胴体着陸しかないという判断をしました。それでようやく胴体着陸しましたよ。そうしたら基地員がワーッときまして、どうしたというんで……。自分では飛行機からおりる力もなく、まあ引っぱり出されて……。それで、陸戦隊の天幕の病室にトラックで運ばれました。そこに軍医中尉がいて、破傷風でもうだめだ、切断すると言いましてね。麻酔なんてろくにされず、右手を鋸で骨をガリガリ切られました。痛いなんてものじゃない、口のなかに脱脂綿を詰めこまれて、大の男が三人ぐらいでガッチリ手と足を押えて、動けないようにして切断されました。手術が終ったとたんに意識を失って、一昼夜ぐらい何もわからなかったですね。気がついたら、小さい船に乗せられて運ばれていました。それに乗せられているうちに、切断されたところが化膿して、ハエがたかるんですが、追っ払う力もない。

包帯も取り換えられない、痛いし……。ラバウルまで帰るのにだいぶかかりましたね。

吉村 何昼夜も……?

柳谷 一週間ぐらいかかったんじゃなかったでしょうか。ラバウルの第八海軍病院に入りましてね、そこで一週間いてからトラック島まで船ではこばれ、「朝日丸」という病院船で呉へ送られたんです。

呉へ

吉村 呉へお帰りになったのはいつですか。

柳谷 十八年の七月二日です。

吉村 それで除隊になったわけですか。

柳谷 ならないんです。東京海軍病院に約一年ぐらいおりまして、義手をつけまして「赤トンボ」の教官をやって霞ケ浦へ行ったり、最後は山形県の神町に転属になったりしまして、そこで終戦。

吉村 その間、戦争中は、山本長官の護衛戦闘機に乗っていたということはだれにも言わなかったんですか。

柳谷 いや、練習生には話しました。しかし、戦後は話さなくなりました。戦後二十年間ぐらいは、ほとんど死んでいるんだか生きているんだかわからないという状態で、話したくなかったですね。

吉村　どうしてお話にならない……?

柳谷　名誉なことでもないし……。

元ラバウル方面統治団長官官舎で
山本五十六大将の官舎でもあった

吉村 護衛戦闘機隊の他の五人の方は、どのような運命をたどられたんですか。

柳谷 全員戦死しました。生きているのは、私だけです。

Ⅲ 福留参謀長の遭難と救出

福留参謀長の遭難と救出について

昭和十九年二月、連合艦隊の太平洋における最大の泊地トラック島は、アメリカ艦載機による波状攻撃で大損害をうけ、基地としての機能を失った。その空襲を予知した日本艦艇は避退し、連合艦隊司令部も、トラック島から約二、〇〇〇キロ後方のパラオ島に退いた。

さらに三月下旬、敵機動部隊がパラオ島に接近し、艦載機の来襲が必至になったので、諸艦艇はパラオ島を緊急出港し、旗艦「武蔵」におかれた司令部もパラオ島の陸上に移った。

やがて、三月三十日朝から十一波にわたって延四百五十六機の敵艦載機が来襲、翌日も朝から午後二時まで六波に及ぶ空襲にさらされた。敵のパラオ島上陸作戦の開始も予想され、もしそれが実施されれば、連合艦隊司令部はパラオ島にとじこめられ、全軍の指揮は不可能になる。そのため、司令部はパラオ島を去って、フィリピンのミンダナオ島にあるダバオ基地に急いで後退することに決定した。

司令部の移動に使用されたのは、四、〇〇〇キロ近い大航続力をもつ二式大艇二機であった。

第一番機には、連合艦隊司令長官古賀峯一大将、機関長上野権太大佐、首席参謀柳沢蔵之助大佐、航空参謀内藤雄中佐、航海参謀大槻俊一中佐、副官山口肇中佐、柿原饒軍医少佐、暗号長神宮等大尉が便乗した。また第二番機には、参謀長福留繁中将、艦隊軍医長大久保信軍医大佐、艦隊主計長宮本正光主計大佐、作戦参謀山本祐二中佐、機関参謀奥本善行大佐、水雷参謀小池伊逸中佐、航空参謀小牧一郎少佐、島村信政中佐（気象）、掌通信長山形中尉その他二名が便乗した。

三月三十一日午後九時三十五分、二機の二式大艇はパラオを離水、ダバオに向かった。が、悪天候に遭遇、分れ分れになり、古賀司令長官以下幕僚の乗る第一番機は消息を断ち、機は墜落して全員が死亡したと断定された。

二番機も悪天候に苦しみ、進路から大きくはずれ、燃料も尽きてセブ島の近くの海面に不時着した。

セブ島は日本の占領地であったが、アメリカ軍将校のジェームズ・M・クッシング陸軍中佐の指揮のもとに、旧フィリピン軍将兵や島民によって編成されたゲリラ部隊が、日本軍に対してゲリラ活動をおこなっていた。

ゲリラ部隊は、二式大艇が不時着したのを知り、隊員が小舟を出して生存していた福留参謀長ら九名を捕え、セブ島の中央部にあるマンガホン山のゲリラ部隊本部に連行した。

当時、同島の守備の任にあたっていたのは大西精一中佐指揮の独立歩兵第百七十三部隊で、たまたま掃討作戦行動を起し、マンガホン山のゲリラ部隊本部を完全に包囲し、総攻撃を開始しようとしていた。

それを知ったクッシング中佐は、部隊の全滅を恐れ、大西大隊長に包囲を解くことを条件に、福留中将ら海軍将兵九名を引渡すことを申し入れた。

大西大隊長は、捕えられた海軍将兵を救出すべきだと判断し、その申出を受け、副官松浦秀夫中尉に一小隊を伴わせて引渡し場所へおもむかせ、海軍将兵の救出に成功した。

連合艦隊司令部員で救出されたのは、参謀長福留中将、作戦参謀山本中佐、掌通信長山形中尉の三名で、他の八名は殉職。二式大艇の乗員は岡村松太郎中尉、吉津正利、今西善久、杉浦留三一飛曹、岡田敏郎、奥泉文三一整曹の六名が生き、他の四名が死亡したのである。

この出来事は海軍乙事件として、司令部員の携行していた機密図書類が、ゲリラ部隊をへてアメリカ側に渡った疑いが持たれるなど、後にさまざまな波紋を巻き起した。

参謀長ほか八名の救出に成功した大隊長

大西精一氏の証言

昭和四十七年十二月下旬、私は夜行列車で朝早く米子駅についた。食堂で朝食をとり、タクシーで皆生《かいけ》温泉の近くの住宅街におもむいた。氏は、長女の嫁ぎ先である新築されたばかりの家に住んでおられた。

大西氏は人格、識見ともに秀れた方ときいていたが、温厚な風格にみちた人であった。長女の方が、氏に温い心づかいをしておられるのがまことに好ましく感じられた。

戦後、氏はマニラで戦犯に問われたが、戦時中の行動が常に公正であったことが認められ、無期刑となり、やがて減刑されて内地に帰還した。

私は、セブ島での大西大隊の行動、そして福留参謀長らの救出に至る経過をおききした。

第百七十三大隊長

吉村　大西さんは当時陸軍中佐で、新編成の独立歩兵第百七十三大隊の大隊長であられたのですね。

大西　そうです。

吉村　熊本で大隊を編成されたそうですね。

大西　そうです。昭和十八年十二月初旬に編成を終り、十二月二十五日に輸送船で門司を出発したんです。そのときは兵器も何もなく、丸腰で行きました。

吉村　銃もないんですか。

大西　はい。輸送船が、敵潜水艦に途中でやられるかも知れないので、救命用の竹イカダをいっぱい積みこみましてね。そのイカダを作るのに大分日数がかかりました。

吉村　何隻ぐらいの輸送船でいったんですか。

大西　門司から出た時は、一隻です。その船に、私の大隊とミンダナオ島に行く大隊が乗りました。五島列島の福江に行き、そこで船団を組んで台湾の西側と海を過ぎ、台湾南部の高雄に入りました。その入港日が、ちょうど十九年の正月の元旦です。その日に敵機が飛来しましたが、爆撃はせずに去りました。

高雄からバシー海峡を南下し、ルソン島のマニラに入ったのが一月六日だったと思い

大西精一氏

ます。そこへ行くまでに、二回潜水艦警報がありました。

吉村　護衛艦がついていたわけですね。

大西　海防艦です。それが先頭を行き、マニラに着いたわけです。マニラではデング熱がはやっておりまして、そこで一週間ばかり立ち往生しました。その間に銃を受領しましたが、兵器はわずかで、機関銃も八丁だけでした。ただ、私の大隊がセブ島についた後、イギリス軍からぶんどった迫撃砲八門をとどけてくれましたが……。

吉村　全員に銃が支給されたんですね。

大西　支給されました。四個中隊のうち三八式歩兵銃をもらったのが三個中隊で、一個中隊はイギリス軍からのぶんどりの小銃でした。軍装もととのいましたので、マニラを十九日に発ち、一月二十二日の夜にセブ港に入り、船内で一泊して、翌日、上陸しました。

吉村　大隊長以下兵力は、何人だったのですか？

大西　九百八十七名です。上陸をしたら、セブ島を指揮下におく旅団長から命令で二十七日から討伐をやれといわれました。

吉村　当時、セブ島には敵がいたんですか。

大西　敵と申しましても、米軍将校のクッシングという中佐にひきいられた旧フィリピン兵などで組織されていたゲリラ部隊です。われわれは、米匪軍と言っていましたがね。日本軍がセブ島に上陸占領したのは昭和十七年の四月で、坂巻隆次大佐のひきいる大隊が駐屯していたのですが、転属命令が出て、その後任に私の大隊が着任したわけです。

吉村　どんなところなんですか。セブ島というのは……。

大西　セブ島は、フィリピンの中央にあります。ルソン島が一番大きくて、南のほうにミンダナオ島、その中間にセブ島があるんです。セブ島の中心都市であるセブ市は、首都のマニラに次ぐ要衝の地です。

吉村　なぜですか。

大西　それは、ルソン島から

セブ島略図

南のほうに行く折には必ずセブ海峡を通るし、東南アジアに行く折にも通るからです。逆に東南アジアからフィリピンや日本あたりに行く場合も通過する。昔、スペインが占領していた時代には、フィリピンの首都はセブ市であったらしい。

吉村　そんな都市があるんですか。

大西　そうなんです。セブ市には、マニラ市よりも古い文化遺産がある。庁舎なども立派な建物でした。セブ市は、フィリピンの中央部にある要衝であるとともに、文化、経済、政治の中心地だったんです。しかし、首都がマニラに移りましてからは海上交通の重要な寄港地として、通信、連絡の重要な拠点となって栄えていた地です。

また自然条件として、フィリピンは全般に気候はいいんですが、とくにセブ島はいい。島は南北に細長く長さが約二〇〇キロ、幅の一番広いところで約三〇キロです。涼しくて、マラリヤなども、セブ島だけはぜんぜんない。戦争がきびしくなって、よその島から転属してきた者がマラリヤをもってきて、マラリヤ患者が出ましたけれども、島にはマラリヤの発生源がなかったのです。そのほかの病気なんかもありませんし、猛獣とか毒蛇や毒をもった虫などもおりません。〝セブ島はフィリピンの楽園の地だ〟と、島の住民が誇っていたですね。

吉村　そんないい所なんですか。

大西　産業も割りに発達していましたよ。

吉村　産業はなんですか。

セブ市の城壁公園内にある日本軍セブ島戦没者慰霊碑

大西　主体は、椰子《やし》ですね。コプラをとってそれから油をとる。戦前は、アメリカの商社が買いとっておったようです。海岸線まで椰子のジャングルで、海上から見るときれいでしたよ。ほかの農産物は、ほとんど自家用程度でしてね、米とか玉蜀黍《とうもろこし》、サツマ芋。それから鉱物資源が案外に多いんですよ。石炭、銅、アンチモニーなどがよく出るんです。それから全島が石灰岩質におおわれていましたので、上質のセメントが出て、セメント工業も発達していましたよ。

吉村　ほう、そうですか。

大西　島の中央部にマンガホンという最も高い山がありました。高さは一、〇〇〇メートルはありましたね。

吉村　その山も緑におおわれている

わけですか。

大西　ジャングルですよ。山の東西はなだらかなんですが、南北は切り立ってるんです。登ることもおりることもできないといったような、絶壁みたいな感じのところが多かったです。それに石灰岩質なので、長い年月のうちに、侵蝕されたりしていて、洗濯板みたいになっている所もある。また、深い谷になっている所も多く、そのマンガホン山の中で敵を見つけた場合でも、距離はわずか三、四〇〇メートルでも、地形が複雑なので追いかけるちゅうわけにはいかないんです、なかなか。(笑)結局、迂回してなだらかなほうからいかなくちゃいけないということで。だから目の前におっても、なかなかつかまえにくい。深い谷を伝わって逃げるもんですから……。こっちはよく慣れていないし、向うは現地人ですから軽装で行動しますので、わずか千名のゲリラですけれども、最後までとうとう〝捕捉殲滅《せんめつ》〟できなかったわけですね。(笑)

その癖、ゲリラの連中は、夜なんか便衣で出てきて、セブ市でダンスをしたり酒を飲んだりしているって聞きました。

吉村　そうですか。

大西　憲兵なんかは、ゲリラ隊員の顔をおぼえていて、そういうのをつかまえていましたけれど、私らにはわからんですよ。よく電線を切られたり、橋を破壊されたり、警備の薄いところを急襲されたり、案外被害はあったですね。それで、毎月一回は討伐をやっていたのです。

吉村 毎月一回ですか。

大西 はい。それからフィリピン全般のことですけれども、言葉はご承知のようにタガログ語が共通語ですけれども、セブ島地区はビサヤ語なんですね。ビサヤ語を使う地方は、中部フィリピンのセブ島をはじめパナイ、ネグロス、それからレイテなど七つの大きな島ですね。

吉村 ビサヤ語ですか。

大西 独特の言葉で、その言葉を使うことに誇りをもっておるようでしたね。昔はフィリピンの第一等の地域だった、ということでしょうかねえ。誇りばかりではない、長い伝統に培われてきているので……。

吉村 学校もあるんですか。

大西 もちろんあります。が、フィリピンの青年の話では、学校では理科系統の授業がなかった、と言っていました。これはアメリカの植民地政策で、「フィリピン人にそういう知識をあたえると、支配するのに不利になるからなのだ」と言って憤慨しておりました。

吉村 なぜ不利になるのでしょう。

大西 理科系統の知識をあたえると、フィリピン人が自力でフィリピンを開発しようとする、それは植民地政策上困るんじゃないでしょうか。〝知らしむべからず、由らしむべし〟で、科学教育から遠ざけ、〝骨抜き〟にするんだというようなことを、若い青年たちは言っておったですね。だから当時マニラ大学でも理学部はなかったそうです。

吉村　セブ市の人口は？

大西　戦火にもあっていたし、他の地域に疎開した者もいましたから、よくわかりませんが、十万近くはいたはずです。

吉村　そんなにいたんですか。

大西　たいしたもんだったですよ。フィリピンなんか田舎だと思って行ったところが、マニラでちょっと驚かされ、セブに行ってまた……。（笑）洋風の町で「これはなかなかいい町だな」と思ったです。しかしほとんど爆撃で壊されていて、壁なんかの煉瓦《れんが》や鉄筋は残っていましたけれども、家は少なくなっていましたね。

吉村　日本軍の空襲で破壊されたんですか。

大西　日本軍の空襲が主体だろうと思うんですが、その後、日本軍が占領したあとはアメリカの飛行機がきてまたやったでしょうけれど。

吉村　空襲はあったんですか。

大西　昭和十九年の九月ごろから米軍が反攻をはじめ、それからは空襲がありましたが、それまではありません。

楽園のセブ島

吉村　非常に美しい島なんですね。

大西　きれいですねえ。年中春みたいなところですから……。住みつきたいなあ、と思うぐらいいいところでした。人間もほんとに素直で、しかし民度《みんど》は低いですね。町を離れて農村に入りますと、生活状態は貧しい。建物にしても〝竹の柱に椰子の屋根〟の「ニッパハウス」という様式です。もっとも、あれでなくちゃ暑くて過ごせないんでしょう。ですから床なども竹を並べてあるだけで、家の中に入って下をみると地面が見える。壁も椰子の葉でふいたものですし、戸は年中明けっ放しです。島に華僑がおりましたが、中国人とか、スペイン系統の子孫の連中の住宅は、よかったですね。扇風機なども使っておりました。

それからフィリピンの町の支配者は、スペイン系統の者とアメリカ人。スペイン系統の者は教会を通して支配し、アメリカ人の系統はだいたい経済面を支配しておる。それに農村部は中国人が地主で、農村の土地面積の約九〇％は持っていました。ですから、フィリピン人は、ロボットみたいな存在だったですね。中国人の村長はかなりいい家に住んでいるのに、フィリピン人はといえば、ほんとにいま言ったような粗末な住いですし、着ておるものもひどいものでした。

吉村　クッシング中佐のひきいる米匪軍は、どんな装備をしていたんですか。

大西　兵器は、小銃、自動小銃、拳銃ぐらいのものですね。

吉村　米匪軍の隊員は、どんな格好をしていたんですか。

大西　普通の服装です。日本の紺の作業服のようなものですね。
吉村　紺なんですか。
大西　だいたい半ズボンが多かったですね。そうでない者もおりましたが……。隊員は約千名と推定されていましたが、小人数で行動していました。討伐に行ってかれらの歩哨線にぶつかりますね、連中はのんきにギターを弾いたりしていて、全員を捕虜にしたこともあります。（笑）のんきなんですわ。われわれに気づくと、すっと逃げてしまって、先ほど申しましたように、複雑な地形ですのでかくれてしまうんです。昼間行っても全部逃げてしまいますから、討伐は夜にかぎっていました。夜、油断しているところを急襲する。昼間はもうぜんぜんだめで、それにこっちもうっかりしていますと損害を蒙りますので、夜やるわけです。夜は向うにしても逃げ易いわけですが、油断していますからね。歩哨線でギターを弾いとったりするんですから……。これはもう日本軍として想像もできんことですわねえ。（笑）
吉村　夜、討伐に行くと言われますが、なぜかれらがそこにいるということがわかるんですか。
大西　情報を集めていましたから……。
吉村　一般のフィリピン人から情報を？
大西　はい。フィリピン人を密偵に使ってありまして。私の部隊には通訳をかねて本部に一人、ホセっていうのがおりましたし、各中隊にもやはり一人、二人おったですね。

給料もあたえて使っていました。この密偵たちは、自分では直接動きまわらず、それぞれ自分の知っている子分のような男女の密偵を使って情報集めをさせるんですね。もし、自分でやるとゲリラ側に顔を知られてしまうでしょう？ それですから、多くの密偵を使って仕事をするんです。軍にいたホセなどは、情報集めの請負人みたいなもんです。

吉村 面白いですね。(笑)

大西 しかし、われわれとしては、密偵の報告を一〇〇％信頼していたわけではないんです。確度は三分の一ぐらいということで、やらしとったですがなあ。

出没するゲリラ

吉村 すると、それらの密偵が殺されるときもある？

大西 帰ってこないことがあるんですよ。ですから密偵を使うのは、なかなかむつかしかったですね。これを死なしてしまうと家族が可哀そうだし、また家族から「帰ってこないが、どうしたのか」と聞いてくるんですよね。「死んでしまっただろう」なんては言われんし、なかなかそういう事故のあったあとは、遺族対策に苦労したものです。

吉村 どういうようにするのですか、遺族対策って。

大西 結局、「やがて帰ってくる」ということで、米をくれたり金をやったりというようなことでやったですけどね。

それからこっちの密偵でもあるが、逆に向う側のほうにも通じているというのもおるからね。(笑)

吉村 なるほど。(笑) 複雑ですねえ。

大西 ですからなかなかかけひきがむつかしいのです。しかし、憲兵あたりはよく協力してくれよりましたから、それこそいろんな情報を総合して、ゲリラがどこにいるかを判断しましてね。なにしろ小さい島で、海は日本側が制覇していることだし、じゃからまあ、治安確保ということで、ときおり討伐をやって……てなことだったですね。本格的に大隊の総力をあげて攻撃するというようなこともなかったですね。討伐をしないとゲリラが跋扈《ばっこ》して、少数の兵で行動しているわれわれ警備隊を襲撃してきたり、電線を切ったりしますから、それを防止するために討伐をしたんです。

吉村 電線を切るんですか。

大西 ええ、軍用の電話線です。それを切って、途中で傍受したり、いろいろやりますから……。たまたまわずかの兵で切断された電話線の補修に行くと、その時にまたやられるってなことですね。橋を破壊することもやりますし、そういうようなことで、しょっ中警備が妨害されるわけですね。こうしたゲリラ活動を抑圧するには、時々出動して、かれらを追っ払わにゃいかんわけなんです。

吉村 セブ島は、資源などに恵まれていたということですが、日本の民間人は進出していなかったのですか?

大西 進出していました。「小野田セメント」と「鯛尾物産」ですね。

吉村 鯛尾物産？

大西 鯛尾鉱山という銅山を持っていたんです。本社は大分と聞いとったですね。総支配人も大分の人で、名前はイトウさんとか言ったように思うんですけど。

吉村 この二社だけですか。

大西 たしかにそのほか椰子のコプフから油をとる企業とか、砂糖を扱う商人もいましたね。しかし、私たちと関係があったのは、小野田セメントと鯛尾産業でした。

吉村 それらの会社をゲリラが襲うのですか。

大西 その二社は、ナガっていうところに本部がありましてね、警備隊を特別に近くに置いていました。

吉村 襲撃されることはなかったのですか。

大西 被害はなかったですね。と言うのは、そこで働くのがほとんど原地民で、ここをやられると原地民の生活が困るもんだから、あまりやらんわけですね。原地民に反感をもたれますと、ゲリラが不利になりますからね。ゲリラ側に情報を提供してくれる原地民もいなくなるだろうし……。それにゲリラの家族で、これらの日本企業で働いておる者もかなりおる。だから、まあ敵の家族を養ってやっている（笑）ということにもなるんだしね。

また、逆にゲリラの家族からわれわれがゲリラ側の情報を得るってこともあるし……。

こういうところが戦争の面白さ、（笑）裏面の面白いとこかも知れないですね。

吉村　面白いですね。

大西　情報は、もっぱら憲兵隊が集めておりました。私たちは戦闘部隊で、情報集めの教育をうけた下士官兵も何人かおりましたが、やっぱり憲兵隊が専門ですから、いい情報を入手します。情報を入手するためには、いろんな手段をとり、金なども使ったりしてね。

ゲリラ討伐戦

吉村　日本の兵隊も、ゲリラに殺されたんですか。

大西　大分やられました。一番最初にショックを受けましたのは、昭和十九年の四月だったですね。その日、セブ島南部の討伐で、第一中隊長の赤嶺豊という中尉が戦死しました。それが最初の戦死者で、しかも中隊長でしょう、これにはショックをうけました。

吉村　そのときには何人ぐらい戦死したんですか。

大西　赤嶺中隊長一人だけです。運が悪いっていうんでしょうか、敵を追いつめて、一応そこで行動を停止し、次の戦闘準備のため敵状を偵察することになって、赤嶺中隊長が、望楼にあがって双眼鏡に眼をあてていた時なんですよ。やられたんです。

吉村　どこをやられたんですか。

大西　ここです。
吉村　額《ひたい》ですか。
大西　即死でしてね。これはもうショックだったですねえ。士気には影響しますしね。それですぐ討伐戦をしましたが、ゲリラは逃げてしまって……。その後も、食糧、弾薬などをトラックで輸送する途中で襲撃される。待ち伏せですね。椰子が密生していますからね、そのかげから射ってくる。こちらはトラックから飛び降りて態勢を整えたときには、もう相手はおらん。トラックを走らせている時も、十分周りを注意はしとるんですが、カーブは多いし、椰子の密林じゃあるし、不意に射たれるんですよ。それこそ〝歯ぎしり〟するようなこと多かったですね。そんなことで案外にやられたんです。
吉村　そうですか。合計何人ぐらい戦死したんですか。
大西　百名以上でしょう。
吉村　かなりの被害ですねえ。
大西　一度なんかは、トラック三台に十七、八名の私の大隊の兵を警備のため分乗させて食糧運搬中に、両方の山から射たれて、ほとんど全員やられたってことあったですものねえ。運搬に従事していた旅団本部の経理部の運転手その他を入れると、二十七、八名はやられたんじゃないでしょうかねえ。私の部隊が通報をうけて行ってみましたが、もうおらんとですからねえ。どうにもならないっちゅうことですねえ。そういうことがあると、すぐ討伐をはじめるわけですわ。そういうことを放っておいたらなめられるから、あっちこっちで同じことおこりますから、なんか一つ襲撃されたりするともう必ず討伐をやるということでね。

吉村　ゲリラの指揮官のクッシング中佐とは、どんな人物なんですか。

大西　元はセブ島の鉱山の技師だったそうです。フィリピン人の女を妻にしていましてね。男の子供もいるということでした。

吉村　セブ島に上陸して、すぐにおこなった討伐はいかがでしたか。

大西　討伐をやれと言われても、上陸したばかりで地形はわからんし困りましたが、ともかく行くだけ行ってみようということで、やりましたよ。私の大隊の者は、中国で戦闘をくり返してきたやつばかりですから、ゲリラなど何とも思ってやせんですよ。

吉村　歴戦の勇士達ですね。

大西　そうです。それで討伐を一週間ぶっ続けてやりましたかな。

完全な包囲網

吉村　さて、海軍将兵救出がおこなわれた問題の討伐は、四月の十一日に開始されたそうですが、どのような作戦計画だったのですか?

大西　旅団から情報が入ってきましたね、ゲリラがいま大増強しておるというんです。四個連隊が編成されるというんですよ。

クッシング中佐のゲリラの本拠地であるマンガホン山に二個連隊、他の地区に二個連隊が編成される。情報によると、全部で二万人ぐらいの兵力のゲリラになるというんですね。兵器もアメリカの潜水艦が運んできて渡すようだというんです。それで、これは事前につぶしてしまわなければならんということになって、それで討伐を始めたんですよ。

このころの討伐は、すべてゲリラ側の無線機をとれということでした。ゲリラの行動をおさえ、ゲリラとアメリカ軍側の連絡を断つためには、どうしても無線機をとらにゃだめだというわけです。それで討伐行動をおこしたんです。

吉村 迫撃砲も持っていったんですか。

大西 二門持っていきました。夜間に出発しましてね。

吉村 ゲリラにさとられないためにですね。

大西 そうです。行動開始は、いつも夜で、ひそかに出発するんです。さもないとすぐ気づかれる。これはまったく始末が悪い。昼間にでも動き出せばすぐわかってしまう。ゲリラのスパイはうようよしていますからね。それで夜、ナガから攻撃目標のマンガホン山へむかったわけです。

吉村 討伐隊の作戦計画は？

大西 赤嶺中隊長の戦死した第一中隊は参加させず、第二、第四中隊全員と第三中隊の二個小隊。それに、大隊本部直属の銃砲隊に迫撃砲二門を持たせました。

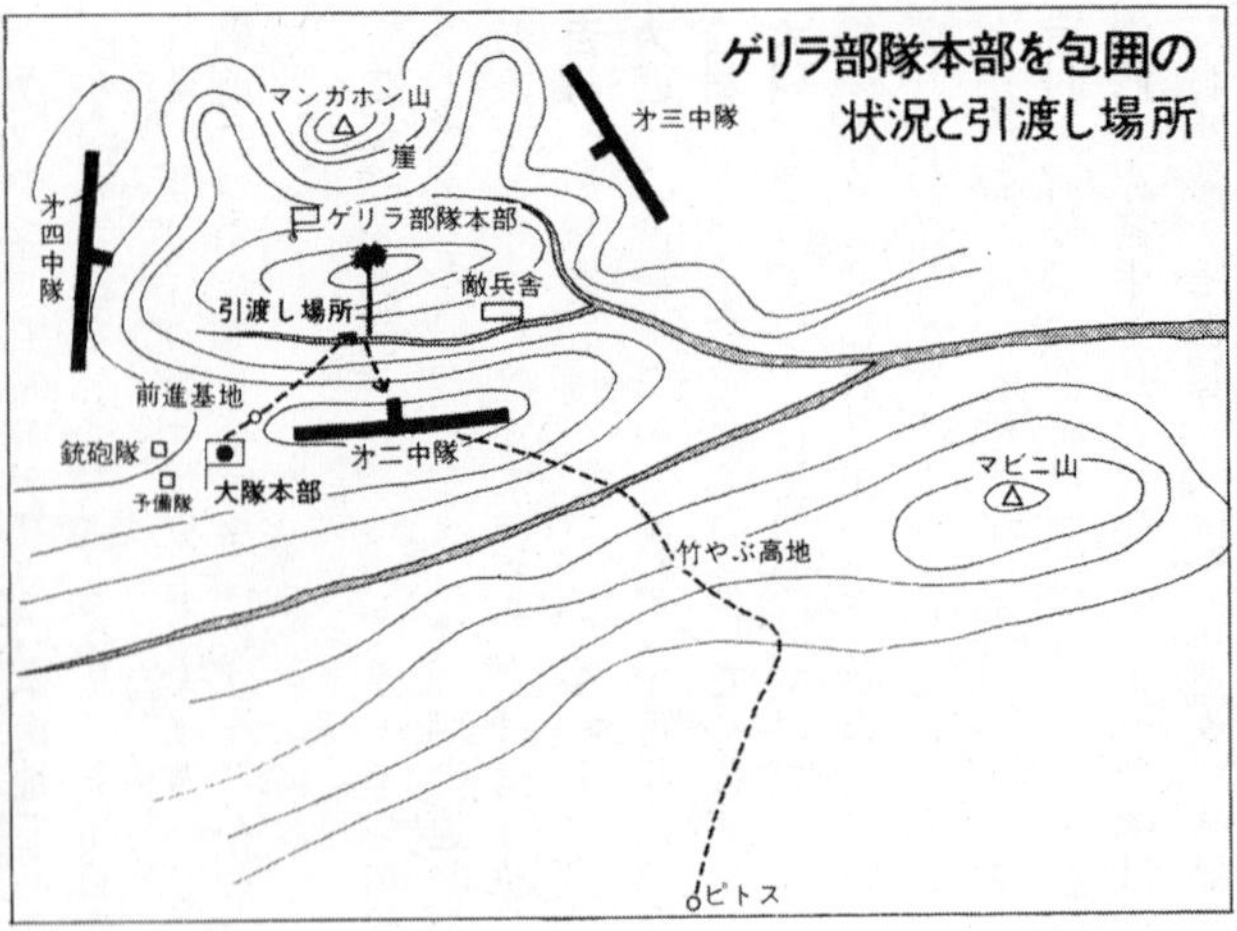

ゲリラ部隊本部を包囲の状況と引渡し場所

第二中隊は島の北の東海岸にあるダナオ、第三中隊は中央部東海岸のセブ市、第四中隊は西海岸のバランバンに駐屯していましたから、四月八日夜、それぞれマンガホン山にむかって出動を命じたんです。

吉村　大隊の本部は、どこに駐屯していたんですか。

大西　西海岸のナガ町です。それで大隊本部も銃砲隊とともにマンガホン山にむかいました。もちろん日没後に……。クッシング中佐のいるゲリラ部隊の本部は、後がマンガホン山の断崖になっている地点に設けられているという確実な情報が入っていたので、各隊が進撃して、これを完全包囲し全滅させようというわけなんです。

吉村　大隊の出動は、徒歩でしたか？

大西 いえ、トラックで舗装路を進み、途中でトラックからおり、密林の中をマンガホン山にむかいました。そして、翌九日の夕方には、バランバンから進んできていた第四中隊と合流しました。それから、闇の中をマンガホン山にむかって進んだんです。

吉村 途中、ゲリラとの接触はなかったんですか。

大西 あったんですよ。進んでゆきましたら、ゲリラの監視哨がありましてね。

吉村 交戦したわけですか。

大西 斬り込みです。

吉村 逃げたんですか。

大西 逃げたやつもおるけれども、四、五人は刺し殺し、自動小銃を六丁ぶんどりました。それからさらに前進し、ゲリラの兵舎にふみこみました。が、だれもいない。雑誌がたくさんありましてね、ゲリラの兵は雑誌なんか読めませんから、旧フィリピン軍の将校がいたことがわかりました。前哨中隊がおって警戒していたんでしょうな。それで、われわれが近づくのに気づいて逃げたんですよ。まちがいなくマンガホン山のゲリラ本部へ討伐隊が来たことを報告に行ったな、と察しました。まだ暗かったです。そのまま前進すると、途中にいつも敵の歩哨がおるんですわ。それで今度は道を変えまして、後方から進むことにしました。

吉村 クッシングのいる本部に裏から行こうかと……。

大西 そうです。それで、急いで進み、夜明け近くに目的地の近くに進出しました。そこは、私たちも一度も行ったことのない地点でしたが、旅団司令部からの情報通り、マンガホン山の断崖があって、その下が渓谷になっている。谷をへだてた前面になだらかな丘陵がありましてね、その丘陵が谷におちこんでいて、こちら側にトパス高地がある。私がメガネ(双眼鏡)でトパス高地の頂上をみると、しゃれた洋風の家がみえましたよ。それも情報通りで、そこにクッシング中佐と妻子がいて、ゲリラ本部があるな、と思いました。

吉村　第二、第三中隊も進出してきていたんですね。

大西　そうです。作戦計画通りの位置に来ていましてね、これで完全な包囲網ができ上ったんです。

吉村　ゲリラも気づきましたでしょうね。

大西　はい。かれらは、トパス高地から断崖の下のマンガホン渓谷に移動しました。それで、私は、大隊本部をトパス高地の頂上に進ませて、天幕を張らせました。そして、マンガホン渓谷の西方に第四中隊、東方に第三中隊、南方に第二中隊を進出させ、これで完璧な包囲陣をしいたわけです。

吉村　すぐに総攻撃をかけたのですか?

大西　いえ、十分な態勢をとりましたので、兵に朝食をとらせました。夜が明けてから、暑くなりましてね。私も天幕の中で休憩をして、午前九時に総攻撃の命令をくだそうとしたんです。その時、渓谷の西にいた第四中隊の方から軽機関銃をうつ音がしましてね。

どうしたのかと思っていたところ、警戒に当っていた兵が走って来て、前方の小さな谷をへだてた丘に、日章旗を手にした者が近づいてきたので、第四中隊の者が射撃したのだ、と言うんですね。

吉村　なるほど。

大西　それで、警戒兵に私のメガネ（双眼鏡）を貸しましてね、おまえ、これでよく見てみろ、と言いました。その兵は、走ってゆきましたが、すぐもどってきて、日章旗を持った男が草叢に伏しながら、しきりに旗をふっているというんですよ。

吉村　服装は？

大西　ゲリラの服だと言っていました。

吉村　大西さんは、その男をなんだと思いました？

大西　もしかすると、敵の潜水艦にでも撃沈された日本の輸送船の者が、島に泳ぎついてはぐれているのかな、と思ったりしました。それで、警戒兵に、よう見ておれと言ったんです。

吉村　それからどうしました。

大西　作戦開始命令を出すのをためらっていましたら、第四中隊の中隊長（川原一中尉）から、無線で言ってきましてね。男を捕えたところ、日本人で、大隊長に会わせて欲しいと言っているというんです。

吉村　連れて来させたんですね。

大西　はい。谷をくだって大隊本部に来ました。

吉村　どんな格好をしていたんです？

大西　服も汚れ、すりきれた草履のようなものをはいて、ひどく疲れているようにみえました。それで「あんたは誰か」とききましたら、「私は海軍中尉の岡村（松太郎）と言う者です」と言うて、その言葉づかいと顔つきで、まちがいなく海軍の士官だと思いましたよ。

吉村　大西さんだけが会ったのですか？

大西　いえ、私のそばに副官の松浦（秀夫）中尉がいましたよ。それで、岡村中尉に、「いったい、どうしたのですか」とたずねましたら、悪天候で飛行艇がセブ島の近くで不時着し、乗っていた者が現地民にとらえられて、マンガホン渓谷のゲリラ本部にとじこめられているというんです。九名の者が捕えられている……。

吉村　驚きましたでしょう？

大西　ゲリラ本部にいるとはね。これから総攻撃をかけようという時ですから……。それに、岡村中尉が言いますには、「その中にフルミ海軍中将がいる……と。しかし、これは偽名で、本当の名はきかんで下さい」……と。

吉村　フルミ？　どう書くんですか？

大西　たしか、富、留、美とか言っていましたな。クッシングには花園少将だ、と伝えてあるということも言っていました。そして、中尉が一通の手紙をとり出して、私に渡しました。それはクッシングが書いたものを、捕えられた山本（祐二）中佐が、日本文に翻訳したものでした。

吉村　どんなことが書いてあったんですか。

大西　いえ、宛名が旅団長（河野毅陸軍少将）とセブ島の陸軍連絡官（浅間少将）宛になっていましたので、私は開封はできんのですよ。しかし、攻撃を開始しようとしていた緊急の時なので、思いきって封を切りました。そうしましたら、二つのことが書いてありました。一つは、花園少将以下九名の海軍軍人を保護している。二つ目は、日本軍がセブ島の一般住民を虐待しているが、そのようなことはするな、と書いてありました。私が岡村中尉にゲリラ側の状況をききましたら、予想通り、われわれが包囲したマンガホン渓谷にクッシングと妻子が、主力とともにとじこめられ、非常に動揺しているということでした。それで、私が、「岡村さん、どうかね。これから総攻撃を開始しようと思うんだが……」と言ったら、「それは、いけん、みな殺される」と言うんです。おしこめられた小舎を自動小銃を持ったゲリラがとりかこんでいる、というんですよ。

ゲリラ指揮官クッシング中佐との取引き

吉村　攻撃を断念なさったんですか？

大西　とりあえず、旅団長宛に手紙の内容を伝え、「イカガスベキヤ、返電乞ウ」と打電させました。そして、各中隊長と銃砲隊長（淵脇政治中尉）、松浦副官を集めて協議しました。せっかくゲリラを完全包囲したんですから、攻撃をかければ全滅できる。が、それでは海軍の方たちが殺されてしまう。富留美中将は、海軍になくてはならぬ人らしいし、ここはどうしても救出を第一に考えねばならん、……と。中隊長たちは残念そうでしたが、やむを得んというわけで、攻撃はやめ、ということにしたんです。責任はすべておれがとる、とみんなに言いました。

吉村　岡村海軍中尉も、その成行きを見守っていたんですね。

大西　そうです。それで、そうした結論を出しましたらね、岡村中尉が「富留美中将は、陸軍部隊のいいように行動してもらっても異存はない、と言っていました。中将も山本中佐も何度も自決を考え、私にゲリラから拳銃をうばえ、と命じたこともありました」と、言いましたよ。

吉村　旅団長からの返電は、どうでした。

大西　こないんですよ。一刻も猶予は許されませんので、岡村中尉に渡すクッシング宛の手紙を書きました。私、そこで一つクッシングをおどしてやれと思いましてね。私の大隊が出動してきたのは海軍将兵の救出のためで、完全に包囲しているぞ、と書きました。

それから、クッシングの手紙の第二にあった良民を虐待するな、ということについて、「私の部隊には、そんないまわしい行為をおかした者はいない。ところが、そちらの方こそ良民を虐待しておるではないか。今後、こちらの警備の任務を妨害するようなことは一切やらぬこと。橋をこわしたり、電線を切ったり、或いはトラックを襲撃するようなことはやらぬこと。もし、そんなことをやったら、任務上、その附近の人家はゲリラの家と考え、焼くこともやらざるを得ない」と。こういう回答をしましてね。それを英語に堪能な大隊本部付の日高（重美）中尉に、英文に翻訳させました。そして、それを岡村中尉に渡したんです。

吉村　時刻は？

大西　もう午後三時頃になっていました。それまで旅団からの命令を待っていたんです。かなりの時間がたっていたんで、岡村中尉に出発するように言いました。

吉村　出発しましたか？

大西　ええ。岡村中尉が言いますには、再び午後八時頃までにクッシングの返事を持ってここへくる、もしそれまでにこなかったら、総攻撃をして下さい、と言いましてね。それで、日章旗を手にもどって行きました。

吉村　午後八時に来たんですね。

大西　いや、こんです。夜になったからだったんでしょう。そこに旅団長命令が来ましたよ。その命令は「猛烈果敢ナル攻撃ヲ続行シ、匪首（クッシング中佐）ヲ捕獲スルトトモニ、海軍将兵ヲ救出スル以外何モノモナシ」なんです。これには、困りましたよ。岡村中尉に渡したクッシング宛の返事に、海軍将兵を渡せば包囲を解く、と書いたんですからね。約束は約束ですからね。命令違反と言われてもやむを得ない。その時はその時で腹を切ればいい。ともかく海軍の人たちを救出しよう、と。

吉村　それで、夜明けを迎えたんですね。

大西　それはそうですが、約束の午後八時からかなり時間がたっている。これは、海軍の将兵たちになにかあったのではないか。殺されてしまったかも知れん、と。各中隊長からは、回答がないんだから攻撃しましょう、としきりに言ってきましたよ。それで、私も、ここまでと考え、各隊に前進の準備をはじめるように命じたんです。ところが、夜が明けた頃、岡村中尉がこちらにやってくるという報告がありましてね。

吉村　また日章旗をかついできたんですか。

大西　そうです。私もメガネでみると、前方の高地の斜面を、日の丸を手にした岡村中尉が谷におり、それから三十分ほどして大隊本部にやってきましたよ。

吉村　クッシングの返事を持ってきたんですね。

大西　手紙ではなく、口頭でした。大隊が包囲をとくことを条件に、海軍将兵を引渡すということでした。引渡し方法は、今日の午前十一時、前方高地のマンゴーの樹の下で……。日本側は、武器を一切持たぬこと。海軍の軍人の中で傷ついて歩けぬ者が三人いるので、担架を三つ持ってきて欲しいこと。最後に、また良民を虐待せぬこと、ということでした。私は、諒承しましたが、最後の条件に、逆にゲリラ側が親日のフィリピン人を虐待せぬように強く言って欲しい、と岡村中尉に頼みました。

吉村　岡村中尉は、すぐにもどっていったのですね。

大西　そうです。すぐにマンガホン渓谷に引返してゆきました。それで、救出隊を組織し、副官の松浦中尉を救出隊長に任命したんです。

松浦秀夫氏の証言

ゲリラから参謀長ほかの引渡しを担当した大隊副官

松浦氏は大隊副官として、実際に海軍将兵をゲリラ側から受け取った方である。

氏は、宮崎市郊外の閑静な地で農耕を楽しんでおられた。タクシーをおりた私は、道を歩いてくる中年の女性に氏の家の所在をたずね、いかにも旧家らしい家の前に立った。その折のすがすがしい空気は、今でも記憶に残っている。

大西氏を心から尊敬し、また海軍将兵に対する敬意が言葉の端々に感じられ、私は、一人の立派な人に会った、と思った。氏の記憶は鮮明で、紙に略図を書き、福留参謀長らを救出した状況を克明に話して下さった。

救出隊

吉村　松浦さんは、救出隊の指揮官に任命されたそうですね。

松浦　そうなんですよ。私、副官をしておりましてね、大隊本部から私が指揮官として……。それに通訳として軍属の中島正人を連れて行きました。

吉村　救出隊は？

松浦　大西大隊長が、第四中隊長の川原一中尉に、一個小隊の派遣を命じましてね、川原中隊の一小隊が出動することになったんです。小隊長は、亀沢久芳という少尉でした。宮崎県出身で、現在は郵便局長かなんかしておるんじゃないかと思いますが……。

吉村　小隊の人数は？

松浦　この人数がわからんのですけれども、下士官、兵二十五名ぐらいじゃなかったかと思うんですよね。それを派遣するということをきめて、夜の間にそれぞれ命令されたわけです。まあ、それで朝を迎えたわけです。

丸腰で来いと……

吉村　夜のうちに松浦さんと中島通訳は、亀沢小隊と合流したんですか。

昭和19年1月、輸送船上でバシー海峡を過ぎる。
鹿島上等兵（右）と松浦秀夫中尉

松浦　あくる朝です。前進基地というのを作りましてね。大隊本部に集結したのでは時間をとるし、それに本部の位置を敵に知られるおそれもありますので、一応ゲリラ隊に近い地点まで前進しておって、そして向うの出方を見てから行く。時間の関係と、本部の位置を気づかれないようにということなども考えたわけです。その前進基地は、ゲリラ隊の前線のすぐそばでしてね。マンゴー樹が一本生えている丘も、そこに通じる小道もよくみえる所でした。私が本部を出発する時、大西大隊長や各中隊長といろいろ話し合ったんです。順調にいけばいいけれども、順調にいかん場合のことも考えて……なにしろクッシングの方からは、私たちに武器を持ってくるなと言ってきているが、ゲリラはどんなことやるかわからん。日本流の〝武士の約束〟などは、かれらにわからんことですから……。（笑）だから、順調にいった場合と、もし敵にだまし討ちを食った場合の二つの場合を考えたんですよ。大隊としては順調にいけば問題ないけれども、万一だまし討ちを食った場合には、仕方がないから敵と私たち救出隊の区別を問わず、一斉に集中砲火を浴びせる……と。その場合には、私たち救出隊はなるべく海軍将兵を救い出して極力脱出せよ、ということだったですね。しかし、集中砲火を浴びながら、その中で海軍将兵を救出するということはむつかしいし、つまりそんな時にはしようがないから（笑）一緒に死ねというわけですね。

大西大隊長は、各中隊長にそのつもりで準備せよ、と命じました。各中隊では、連絡将校を展望のきく高地に出させる。そうすれば、状況はわかりますからね。監視態勢を十分にとらせたんです。それから、大隊長は、無事に海軍将兵を連れもどってくる時は、大隊本部に直接連れてくるな、と言いました。ほかの道を通って帰れと言いました。ゲリラに大隊本部の位置をさとられるとまずいですから……。それで第二中隊（稲本寅夫中尉指揮）の本部に連れてゆくことにしました。

吉村　武器はどうなさいました？

松浦　なにも持っていきませんでした。

吉村　ピストルも持ってかなかった？

松浦　ええ、なんにも持っていかない。

吉村　ほう。

松浦　もう、ぜんぶ持つな、ということでしたから。兵は帯剣だけでした。私なんかも、不安でしたけどもね。

吉村　それは、そうでしょうね。(笑)

松浦　しかし、ともかく海軍の将兵を助けることが目的ですから、ゲリラの指示通りに武器は持ってゆかないことにしたんですよ。私も亀沢少尉も小隊の下士官兵も、死ぬ覚悟で集結したんです。命を失っても不服はないということで、いかなる場合でもそうですよ、戦闘に従事する以上はね。しかし任務を達成せずに命を失うことは残念ですし、複雑な気持で〝丸腰〟のままみんな集まってきて……。

吉村　そうですか、軍刀も持っていかなかった？

松浦　ええ、持っていかなかった。そして、午前十一時に、前方の高地のマンゴーの樹の下で引渡し、と言うことになっていましたから、前進基地で高地の方を見ていたんです。そうしたら、少し時間より遅れて、やっと前方の高地の稜線に人の姿が見えたんです。

吉村　何人ぐらいみえたんですか。

松浦　最初は、一人二人とゲリラの連中が歩いてくるんですね。「ハテナ、海軍はくるんだろうか」と思ったら担架が出てきましたね。「ア、まちがいない」と。担架は三つじゃったと思うですね、四人でかついで降りてくる。そのあとから、肩にすがって降りてくる人もあるし、自分で歩いてくる人もある。双眼鏡《めがね》で見てかすかにわかるんですよね。「これはもうまちがいない」ということで……。ところが、よく見ると、ゲリラの連中は兵器を持っておるんですよね。

吉村　（笑）

松浦　自動小銃とか普通の小銃を……。軽機関銃までかついでいる者もいる。「これは約束が違う、困ったな」と、亀沢少尉と言葉を交しましたよ。しかし、いまさらどうするわけにもいかん。それで私もこれは考えにゃいかんと思うて、人数は二十四、五名ですから亀沢少尉とも話して、とにかく行って、万一の場合には取組む、格闘戦をする。そして、相手の武器を取りあげ、海軍将兵を救い出して基地に帰る、ということですね。亀沢少尉も、それでやりましょうと言って、小隊の者にその旨を話しましたよ。みんなしっかりした兵隊ばかりでしてね、いざといえば組打ちでやるという自信はもっとったですね。（笑）丸腰ということは身軽ということですから、組打ちなら、兵器持たんほうがかえっていいんです。弾薬など重いもの持っていると、かえって行動が制限される。それで、兵たちに万一の時は格闘戦をやってやっつける、油断はするなということで……。兵たちも「わかりました」と言い、「それじゃ行こう」ということで、出発したんですよ。

吉村　谷に降りたんですか。

松浦　そうです。前方の高地へ行くには、谷へ降りて高地へのぼってゆくんです。かなり深い谷ですよ。大隊本部のある丘からは二〇〇メートルぐらい下方の深い谷でした。急な斜面を降りて行きましてね、谷川を渡ろうとしましたら、向うから降りてきたんですよ。

吉村　だれがですか?

松浦　憲兵中尉と自動小銃をもった兵でした。それで、通訳に話させたんですが、向うは日本語がよくわかって。

吉村　憲兵中尉というのはゲリラの憲兵中尉ですか。

松浦　正規の憲兵中尉です。

吉村　フィリピン人ですか。

松浦　はい、フィリピン人の。中尉の記章をつけていました。

吉村　大きな男ですか。

松浦　背は高いが、ほっそりした、スペイン系の男でしたね。顔色が白くてね。

吉村　兵は一人だけですか。

松浦　そうでした。われわれを案内に谷へ降りてきた、と言うんですよ。私は、「約束が違うじゃないか。こっちはなにも武器を持っていない。おまえのほうは持っとるじゃないか」とにらみつけました。そうしたら憲兵中尉は、「そのことは自分たちは、なにも知らなかった。われわれは武器を持ってきてはいるが、海軍の将兵を貴部隊に引渡すのが任務で、なにも危害を加えることはしないから、その点は心配しないでくれ」と、こう言いましたですね。私は、「自分たちは兵器を持たんで来てくれと言われたから、約束通りに丸腰できておる。おまえは責任もつか」と言いましたら、「私にまかせて下さい。フィリピン人と日本人は友だちだ。私の兄は、マニラで日本軍の仕事しております」と言うたですね。「じゃから自分を信用してくれ」って言ったですね。憲兵中尉らしいしっかりした男だと思うと同時に、人間的にもいい男だと思ったですね。それから、その憲兵中尉が先頭に立って案内していってくれました。名前を聞きましたけれども、覚えていません。日本語が話せるので、通訳なしでほとんど話はできました。

マンゴー樹の下までいくのに、二十分以上かかりました。かなり急な上り傾斜ですからね。着きましたら、もう海軍の人たちは、マンゴー樹の下の木陰で、みんな腰をおろして休んでおられました。

海軍将兵を受けとる

吉村　担架にのせられていた人たちは、寝たままですか。

松浦　寝てはおられんかったです。みんな体を起しておられました。

吉村　ゲリラがそばにいるんですね？

松浦　そうです。フィリピンの将校が一人おりましてね。私たちが行ったら、近づいてきて握手しました。私は、「ご苦労だった、よろしくたのむ」というようなこと言ったんですけども、その将校は日本語が通じませんので、中島軍属の通訳で、「こうしてクッシングとの約束で、海軍将兵を受けとりにきた。全員引き渡してもらいたい」と言いました。そうしたら将校は、「承知した」と言うので、そこで両軍の挨拶ということになって、両方がそれぞれ一列に並んで向い合い、お互いに自分の国の軍隊流の敬礼をしました。

吉村　向うはどういう敬礼です?

松浦　向うの敬礼は、敬礼らしい敬礼じゃないんですね。なにか、頭をさげるぐらいだった。

吉村　そうですか。

松浦　向うは笑っとったですね。こっちは緊張しとるんです、海軍の閣下がおられる手前もあるし、日本軍の威信にも関することだから、とにかく甘くみられちゃいかんと思って、きちんと整列をし、号令を亀沢少尉がかけて……。

吉村　どういう号令なんですか。

松浦　「一同敬礼」ですわね。みんな挙手でやるわけです。それで敬礼を終って、また改めて海軍将兵を受けとりにきたということを、言わにゃならんわけですわね。で、型の如く言うて。いうた言葉、よく覚えませんけれど、「クッシング司令官との約束によって、海軍将兵を引き受けにきた。全員無事に引き渡してもらいたい」ということを言ったら、「承知した」ということですね。それで一応こちらに引き継がれたことになりましたから、ゲリラ側はそのまま腰をおろしました。そこでこんどは、海軍の閣下以下に対して、敬礼せにゃいかんですね。そこで、富留美中将閣下以下海軍将校各位に対して、「頭《カシラ》、右《ミギ》ッ」という号令で敬礼をして、受けとったわけですよ。

吉村　富留美中将たちは、応答はしなかったですか。

松浦　坐っておられたですからねえ、やはり感激……っていうんでしょうかねえ。ま、複雑な気持でしたでしょうね。目に涙が光っておったと思ったですがねえ。ほとんどみんなそうです。怪我して苦しそうにしておられる人もおりましたけれども……。私たちも、日本海軍の閣下ともあろう方が、ああいったような、服装も汚れとった無残な状態ですからね。

吉村　帽子はかぶってなかったんですか?

松浦　帽子はなかったと思うですね。気の毒で、なんとも言えない気持でした。私は、閣下に向かって、「ご苦労様でございました。お引きとりにまいりましたから、ご安心ください」と言って、敬礼をしました。海軍の方は、それこそ喜ばれたというのか、やっぱり涙が光っておったと思うですよ。それから約二十分ぐらい休憩して、その間に準備をしましてね。

吉村　どういう準備?

松浦　担架が三つだったと思うんですがね、どの担架をだれがかつぐとか、負傷した人をだれが肩で抱いてゆくか。それから帰る折に歩いてゆく順序はどうするか、といったようなことですね。結局、順序としては、先任下士官がおったですがね、だれだったか名前は覚えませんが、それが一番先頭で、あとは担架ですね。担架を三つ先に行かせて、そのあとを肩にかかる人、それから歩ける人。そのあと交替要員ですね。その後が亀沢少尉、しんがりが私、ということで段取りをつけたんです。

「ノー・ポンポン」

吉村 その間、ゲリラ兵は、どんな様子でした?

松浦 さすがに選抜されてきたらしく、みんな体の大きな者ばかりでしたよ。しかし、われわれのことが、まあ恐ろしいんでしょうね。見つめると、すぐ眼をそらせたりして、顔色も冴えませんでしたよ。そのうちに、顎髭をのばした一人のゲリラ兵が、作り笑いをして、「ゴクロウサン」と言うたんですよ。変な訛の日本語でね。それで、私も、うろ覚えの言葉で「アビサヤバ」つまり「ありがとう」と答えたんですよ。

吉村 それで、かれらの恐怖感もうすらいだ?

松浦 そうなんですな。ゲリラが、口々に「ゴクロウサン」「ゴクロウサン」と繰返しましてね。これには、こっちも笑いましたよ。

吉村 なごやかな空気になったんですね。

松浦 そうでした。(笑) 亀沢少尉が、ゲリラ兵を手招きして煙草一本やったんですよ。喜びましてな。他のゲリラ兵も近づいてきて、たちまち箱が空になりました。

吉村 煙草は、「ほまれ」ですか。

松浦 いや、そういうのではなく、現地煙草です。ゲリラが非常に喜ぶので、キャラメルなどもやりましたよ。彼らは、夜なんか交替でセブの町あたりにくるのもおるんでしょうけれども、給与も悪いんでしょうね。非常に喜んで握手を求めてきたり、それから、日本のウロ覚えの民謡や童謡なんかを歌って聞かせたり、お互いに心のすさんだ戦場の中ですけれども、独特のふん囲気でしたね。ちょっと予想しませんでした、あの空気は。こちらも注意はしておりながら、やはり向うに調子を合せてやって、なごやかな空気にするようにしました。

吉村　民謡は、どんな歌でした？

松浦　いろいろあのころありましたねえ。民謡じゃないが、「愛国の母」とか、それから山の湖畔の、湖畔の歌です。

吉村　ああ、「湖畔の宿」。

松浦　「湖畔の宿」、それも出ましたですねえ。

吉村　（笑って）よく知っているんですねえ。

松浦　そんな歌をセブの町あたりの喫茶店なんかに行くと、フィリピン人がよく歌っていましたわね。そんなのを覚えたんでしょうね。ま、そんな歌が出たりして、なごやかな空気でしたよ。それでまあ時間がきたから出発しようちゅうわけですね、そして出発をはじめたんです。それで傾斜をおりはじめましたら、ゲリラの兵が、「ニッポン、フィリピン、友達。ノー・ポンポン。ノー・ポンポン」と大きな声で言いましてね。ポンポンは銃声で、互いに戦争はやめようという意味なんですよ。そして、私らが見えなくなるまでみんな手を振って、「さよなら、グッドバイ」などと、それぞれ思い思いの言葉で送ってくれました。私は、しんがりを行きながら、うしろからやられちゃいかんから（笑）足を早めて注意しながら手を振って傾斜を下りましたが、敵ながら可愛いといいますか、人間的だと思いましたねえ。

吉村　可愛いという感じですか。

松浦　谷間に出迎えにきた憲兵中尉が、はじめ私に言ったように、「日本とフィリピンは友だちだ」とこう……このことはよくフィリピン人は言ってたんですよね。「自分たちの国はアメリカの植民地として絞られているんだ。日本とフィリピンは友だちでなくちゃいけない」というような気持があったようですね。すでに日本がフィリピンを独立さしておりましたし、そういうこともあって、相通ずるものがあるんじゃないかという感じをもったですよね。見えなくなるまで手を振っていました。

そして、谷を降りて、こちらの高地に上がってみますと、まだ何人かおって手を振ってるのがみえました。そのうちに、かれらの姿は、丘の頂のかげに見えなくなりました。おそらく憲兵中尉とか、海軍将兵を送ってきた代表の幹部将校が、われわれが谷をへだてた高地に無事にもどるのを見届けて帰りたいと思ったんじゃないでしょうかね。それは、クッシングへの報告のこともあって任務を考えていたんじゃないかと、こう思ったんですがね。〝敵ながら天晴《あっぱ》れ〟といいますか、そういう感じをもって、無事海軍さんを全部、稲本中隊の本部に連れて行きまして、ホッとしたわけです。

撤収

吉村　大隊は、それからすぐ撤収したのですか。
松浦　いえ、すぐではありません。なんといっても海軍さんは、被服も傷んでおるし、お疲れになっとるようだし、ということで、まず一応休んでもらう、ちゅうことになったですよ。それで大西大隊長もすぐ見えられて、富留美中将に挙手の礼をとって、「お疲れでございましょう」と言って、昼食などをおすすめしたんです。それから、シャツとか靴下とかはきものなんかが、経理部にありましたし……。しかし野戦のことですから、それほど持っていませんので、各中隊長に連絡をとって、持っている被服類で要らんものがあったらくれ、ということで連絡しましたら、えろう送ってきましたですね。
吉村　服とかそういうものですか。
松浦　上衣は必要ないのです。暑いですから軽装で……。それでシャツ類ですね、カッターシャツとかYシャツ、ズボン、靴下、地下タビなど、ほとんど全部、新しいものに替えてもらったですわ。非常に喜ばれてですね。
　それらのシャツなど新品を身につけますと、海軍士官らしくなられて、さすがにそれだけの威厳があるな、と思ったですがね。
吉村　顔なんか洗わなかったですか。

松浦　洗っていただきました。渓流の水をくんできて石鹼で……。そういうことはちゃんと手落ちなく。こちらは野戦の第一線で十分にはいきませんけれど、できるだけ最上級の取扱いせにゃいかんということですね。海軍に対しての礼儀でもありますから……。そして、大隊長が直ちにこれを司令部に打電したんです。

吉村　旅団長にですね。

松浦　そうです。無事に海軍将兵の救出を終えたとね。それで、翌四月十二日早朝、亀沢小隊が、稲本中隊とともに海軍将兵を護衛して出発したわけです。私たち残りの部隊はそれから約二時間ぐらい、態勢をとったまま警戒をして、非常の場合に備えておったわけです。

その後、稲本隊からゲリラの出没地帯を通過という電報がありましたのでね、もう心配はないというわけで、各隊が一斉に撤収をはじめたんです。稲本隊はその夜、ピトスに着き、それも稲本中隊長から無電報告がありました。そして、ピトスに着いたとき、海軍将兵に休んでもらいたかったけれども、海軍差し回しの自動車がきとって、そのまま海軍将兵を連れて行ったということを、後でききましたですね。で、別れるときに富留美中将が非常に丁重なお言葉で、「大西大隊長、並びにみなさんのご協力に感謝する」ということを申され、「いつかの機会に、海軍の有力部隊をもって大西大隊の戦闘に協力することを約束したいと思う」ということを言われたということです。閣下としては、感謝の気持を強くおもちになられていたんですね。私たちがピトスに着いたのは、午後の九時ごろで、そこで夜を明かして、翌日、それぞれの隊に帰って行った、ということです。

吉村　その後は、ぜんぜん富留美中将のことについては……。

松浦　飛行機ですぐマニラに行かれたんじゃないか、と思うですね。そのころ、南太平洋の情勢は緊迫しておりましたから、すぐ任務に着かれたんじゃないかと思うですよ。

軍極秘のまま終戦

吉村　富留美という姓は偽名で、福留中将だということはいつ知られました？

松浦　終戦後、帰ってからですね。なんかの機会に聞いたですね。「太平洋戦争史」というのに、たしか福留中将が、ちょっと書いていたですな。お、そういう人だったのかと思ったです、私は。

吉村　救出時には、大西大隊長もそれを知らなかった？

松浦　知られんかったですね。それは軍極秘になっとったんですね。

吉村　救出を終えた後、どうなさいました。

松浦　大西大隊長は、翌朝ピトスを発って、司令部の旅団長のところに報告に行かれたわけです。旅団長命令とはちがった行動をとったので、ハラを切る覚悟で行かれた。私もついて行きました。それはもう非常な決意で……。

吉村　お二人で行かれたわけですか。
松浦　はい、私と二人で行ったですよね。
吉村　なんで行かれたですか。
松浦　自動車で行きました。部隊の自動車がありますから……。
吉村　どこにあるんですか、旅団司令部は。
松浦　セブ市です。
吉村　旅団長はどなたでしたか。
松浦　河野毅少将です。この方は、終戦後戦犯として死刑になったということですね、山口県の出身の方でした。
大西大隊長の顔には決意がみなぎっとったですね。「どうしてもおれが責任をとって……」ちゅうようなことだったでしょう。私もまあそうなれば、同じように……という気持で旅団長の部屋に入って行ったんです。ところがお会いしたら、閣下は非常にニコニコしていて、「ご苦労だった」と。
吉村　そうですか。
松浦　大隊長は入るなり、「申しわけありません、責任をとらせていただきます」と言いよったら、ニコニコ笑っとって、「ご苦労だった」ということで、あまりようけ言われんかったですがね。それから、「海軍もお礼を言ってきた。疲れたろう」と言って、秘蔵のウイスキーを一本くださって、それで大隊長もほっとされたと思うんですがね。

それでまあ、この日はあまり話をしないで、そういったようなことですぐおいとまをした、ということだったんです。

遭難した参謀長機の搭乗員

吉津正利氏の証言

松浦氏を宮崎市に訪れた後、私は、列車で熊本県の玉名温泉に赴いた。吉津氏は若鶴荘という旅館を経営し、私を帳場に隣接した居間に招じ入れてくれた。

氏は、参謀長を乗せた二式大艇の搭乗員であった。大西大隊に救出された乗員は六名であったが、その六名中、岡村（松太郎中尉）機長以下四名は戦死その他で死亡し、現存しているのは氏と今西善久（当時一飛曹）氏の二人だけであった。今西氏は、静岡県焼津市の航空自衛隊に勤務していて、私はその後、今西氏にも会った。

ここでは、吉津氏からきいた二式大艇の不時着、ゲリラに捕えられ大西大隊に救出されるまでの証言を紹介する。淡々とした表情で回想する氏の話は生々しく、記憶も鮮明であった。熊本県の方言が、快く感じられた。今でも、氏からは年賀状をいただいている。

サイパン基地からパラオへ

吉村 吉津さんは、当時、どこに所属されていたのですか。

吉津 八〇二空（第八百二航空隊）で、中部太平洋艦隊司令長官の直属になっていました。二式大艇第十九号の偵察員でした。

吉村 基地は？

吉津 サイパンです。

吉村 記録によりますと、吉津さんの乗っていた二式大艇が、参謀長福留繁中将一行を乗せてパラオからダバオにむかったことになっていますが、その折のことをお話し下さい。

吉津 あれは、昭和十九年の三月三十一日のことです。昼食後、何時間ぐらいかたった頃だったです。とにかく午後、私たちは兵舎におったり、飛行場に行ったりしておったわけですよ。そうしたら、私の艇の機長の分隊士岡村松太郎中尉と、同じサイパンを基地にしていた八五一空の灘波（正忠）大尉を機長とする艇の乗員に対して、「至急、指揮所前に集合」という命令があったのです。

吉村 すぐに指揮所前に行ったのですね。

吉津 そうです。私たちが整列しますと、岡村中尉が「これからサイパン基地を出発し

吉津正利氏

て、パラオに向う命令を受けた」と言いましてね。連合艦隊はトラック島にいたのですが、二月下旬、敵の大空襲があるというので、二、〇〇〇キロ後方のパラオに退いておったわけです。旗艦「武蔵」以下の艦艇が入港をしていた。

　ところが、敵の機動部隊が接近し、パラオに対して空襲してくることが確実になりましてね。おそらく、パラオに日本の艦隊が入ったことを敵が察知して、空襲しようとしたんじゃなかろうかと思います。それで艦隊は、急いで錨を揚げて出港し、連合艦隊司令部は、司令長官以下幕僚が、「武蔵」を退艦して陸上に移ったという状態だったようです。そのうちにパラオに空襲がはじまって、敵が上陸作戦をはじめるのではないか、とも予想された。もし、上陸してきたら、司令部はパラオにとじこめられ、連合艦隊の指揮もできなくなる。それで、司令長官をはじめ司令部の幕僚を、ミンダナオ島にあるダバオ基地に移そうということになったんです。つまり私たちが、司令長官以下の移動に従事するという命令を受けたのです。一番機は灘波大尉を機長とする艇で、古賀司令長官たちを乗せる。私たちの艇は二番機として参謀長の福留中将ほかを乗せるということになって、午後五時頃、一番機と二番機が、サイパンを離水してパラオへ飛び立ったのです。

パラオ島は火の海

吉村　サイパンからパラオまでは、何時間ぐらいかかったのですか……。

吉津　四時間ぐらいかかったと思います。パラオに近づいたのは九時過ぎで、真っ暗になっていました。

古賀連合艦隊司令長官

パラオ島が見える時分だという時、赤々と火が見えましてね。あの点々とした明かりは何だろうかな、と思って飛んでいきよったところが、それが炎だということがわかったんです。島の地上施設、兵舎か燃料タンクかわからんけど、燃えよるわけです。

それで、パラオはそうとうな空襲を受けておる、ということを知りました。一番機は、翼についている着水灯をともして湾に着水しましたが、私たち二番機の機長である岡村中尉は、非常に慎重な方で、「まだ敵機が上空におるかもわからんし、下には敵の船がおるかもわからんから、とにかく警戒せよ」という命令を出しましたので、私は部下の偵察員に監視させたのですが、敵機らしいものは見当たらんし、地上にも異状ないので、「分隊士、異状なかです」と言って、じゃ着水しようかということで着水したわけです。

着水してから、陸地のほうに発光信号で、「迎えにきた」いう信号を送ったところ、陸上からメガホンで、「しばらく待て」という応答がありました。

吉村　飛行艇を繋留したんですか。

吉津　そうです、浮標にね。私たちは、いちおう着水したので、翼の上に上がって一服つけよっておったわけですよ。（笑）そうしたら、ゴム舟艇二隻が、飛行艇に近づいてきましたですものね。ああ、みんなこられたなと思って……。福留参謀長やその他の方々もみんな機に乗られて、しばらく時間があるだろうと思っていたところ、陸上から緊急信号で、「また空襲警報が発令された」という信号を送ってきたんです。空襲があるということで、猶予はならんわけですよ。それで、急遽一番機も二番機も離水したのです。

吉村　どちらが先に出発したんですか。

吉津　一番機が先か、二番機が先か、おぼえていません。とにかく急いでおったわけですよ。敵機が来襲するということで、急いで離水して……。離水の時間は、九時半か九時四十分ごろでしたね。それから普通のスピードで行けば、ダバオまでだいたい三時間ちょっとぐらいで着く予定ですので、パラオを離水して、高度三〇〇〇ぐらいとって針路をダバオに向けたんです。

吉村 天候はよかったんですか。

吉津 月が出ていましたよ。初めは一番機が見えていたんですが、距離がはなれてしまったらしく、見えなくなってしまいました。そのうちに黒雲が出てきて、大スコールにあったんです。物すごいスコールで、密雲の中に突っ込んでしまったので、高度をどんどん上げて行ったんですが、雲の切れ間に出んのです。雷鳴がとどろき、稲光もしましてね。かなりの動揺でしたよ。これは困ったなと思って、私は、部下に推測航法をやらせました。

吉村 推測航法というのは、どういうことをするんですか。

吉津 海面に航法灯といって、一キロ爆弾ぐらいの小さい爆弾の形をしたものを海に落とすと、それが水につかったと同時に火を吹くようになっているんです。それを二、三本続けて投下して、その明かりを照準器で測って、飛行機の進路方向を見るわけです。ところがそのときは、空襲があると聞いて飛び立っているものですから航法灯を落とすのをちゅうちょした。航法灯の明かりを敵機に発見されれば、飛行艇の位置を知られてしまうということで、航法灯もなるべく落とさんようにしながら推測航法をやらせていたわけです。

私は、機長席のところにおって岡村分隊士といろいろ話しましたが、分隊士が、「吉津はフィリピンに行ったことがあるか」と言うんです。「フィリピンは初めてです。いままでずうっとマーシャル群島のほうだけにおったですから、フィリピンのほうは知りません」と、答えました。そうしたら「自分も、何年か前に一度、機上からフィリピンを見たことがあるだけで、実際にフィリピンへ行ったことはない。チャート（地図）で見るだけでダバオを確認するのは、むずかしいかもしれんなあ」と言っておられました。私は、岡村分隊士を信用していたものですから、「分隊士が一回おいでているなら、上から見ればおわかりになりますよ」と言って、どんどん飛びよったけど、密雲は切れんし、時間がたつだけなんです。そのうちに、ダバオについてもよい予定時刻がきたものですから、「分隊士、とにかく密雲を突っ切らんといかんですね」と言いました。分隊士もそうだな、と言うことで、その時、たしか高度を五、六〇〇〇メートル以上に上げられたんです。それでしばらく飛んだところが、密雲を突っ切って、空に星空が見えかかったですものね。

ああ、よかったなということで、「吉津一飛曹、もう時間も過ぎておるけん、航法は大丈夫かい」と、言われました。それで私は偵察席に行って、「今、どのへんを飛びよるか」と聞きました。

吉村　だれにですか。

吉津　たしか下地（康雄上等飛行兵）偵察員だったと思いますけれども、よく思い出せません。

主偵察員吉津

吉村　吉津さんは、主偵察員だったんですね。

吉津　そうです。私が偵察の責任者といった形になっておったのです。とにかく「現在どのへんを飛びよるか」ときいたら、推測航法によるとダバオの基地にだいたい着いていいところまできておる、と言うのです。しかし、ダバオ基地のあるミンダナオ島はぜんぜん見えんです。高度七、八〇〇〇にとってみたけど……。

そうしたら分隊士が、「機の位置

参謀長福留繁中将が搭乗した二式大艇の同型機

はわかったかね」と言うので、「いや、まだはっきりわからんです。いまから私が、天測をやります」と言って、六分儀を持ち出してきて星を測った。星を測って、自分の機の位置を出したんですよ。ところが出してみると、パラオからダバオに向かって飛んでいるはずなのに、厚い密雲に遇ってそれを突っ切ったためか、予定のコースを一五〇マイルも北の方へそれているんです。

それで「はてッ?」と思ったわけですよ。これは、だいぶん流されておるなと思った。しかし、パラオを出てから三時間余り、私は、ぜんぜん推測航法にタッチしておらんし、自分はただ操縦席のところにおって、分隊士と天気のことや早く豪雨があがらんかなとか、そんなことばかり話していましたのでね。

海中に突っ込む

吉村 流されるというのは、飛行艇が風に流されたということですか。

吉津 そうです。私は、天測には自信があったんですよ。以前、ヤルートにおった時、天測の非常に上手だった斉藤兵曹という人から一年余り教えこまれて、「とにかく大型機に乗る以上は、天測だけは覚えておかんといかんぞ。推測航法も大事だけど、天測で星の位置を測り、月の位置を測って、機の位置が一ぺんに出るよう勉強しておけよ」ということで、きびしく教えられたものですから自信はあったのです。

昭和19年サイパンで。生存者は後列右より二番目吉津一飛曹、三番目今西一飛曹。中央は岡村松太郎中尉

ところがそのときは、魔がさしたというか。自分の飛行時計が二、三秒狂ったんじゃなかろうか、機が百何十マイルも進路からそれるわけはないと……。せいぜい一五マイルか二〇マイル流されておるんなら話はわかるけど、一五〇マイルもはなれておるのはおかしい。一五〇ノットで走れば一時間の行程ですものね。一時間の行程も流されるわけはないから、推測航法のほうをひとつ重んじて、推測航法を信じて飛んでゆくべきだという気持になったんですよ。

分隊士から、「吉津一飛曹、どのへんを飛んでいるのかね」と、再びきかれましたので、「とにかく私が、いま天測で出した機の位置は、予定のコースから一五〇マイルも北にそれていますけど、パラオとダバオでは気温もだいぶん違うでしょうし、その温度差で、私の時計が一、二秒狂っているかもしれんから、下地上飛がやっておる推測航法が正しいんじゃなかですかね。推測航法を信じて飛んで下さい」と言ったわけです。

そうしたら、そのとき岡田（敏郎）一整曹か奥泉（文三）一整曹か、はっきり覚えておりませんけれども、そのどちらかが、「残りの燃料があまりない。もう長くは飛べん」と言いましてね。「あと三、四十分か一時間もつかもたんぐらいしか燃料はないぞ」と言って来たものですから、それでアワを食ったわけです。島は見えんし、燃料はなくなるというので、いよいよいかんな、と思いました。私が天測をやったのは、たしか十二時半過ぎだったと思います。

それからまた三、四十分も飛んだが、まだ島らしきものが見えんわけですよ。これはいよいよいかん、しかし、仮に機が予定コースから大きくはずれていても、フィリピンには島がいろいろあるから、どこかの島には行けるだろう、という確信はあったわけですね。どこでもいいから着けばいいと……。

それから、さらに飛んでいきよるうちに、ようやく島影らしいものが前方に見えたわけです。

吉村　ほっとしたでしょうね。

吉津　ほっとしました。それから分隊士と二人で地図を広げながら、下を双眼鏡で見たり肉眼で見たりして、「分隊士、ダバオのあるミンダナオ島に似ておるようでもあるし、似ておらんようでもありますね」と言ったりしました。島影が見えたものですから分隊士もひと安心して、とにかく島に近づいてみようということで、島にむかって高度を下げてゆきました。

吉村　どのぐらいまで高度を下げたんですか。

吉津　三〇〇〇ぐらいだと思います。島を確認するため、どんどん高度を下げていって、島の上空に達しました。ところが、それがミンダナオ島かどうか、はっきり確認できんわけです、私は、初めてなものですから……。分隊士も「これはミンダナオ島じゃないような気もするなあ」とおっしゃりながら、上空をグリーングリーンと二、三回旋回しました。燃料が、あんまりないということを聞いておったものですから、とにかくここに着水するよりほかないということで、着水するから全員着水準備せよ、ということで、分隊士が高度を下げられたわけです。

吉村　着水準備とは、どういうことをするんですか。

吉津　着水態勢に入る前に、照準器なんかみんな機の上部に上げておかんと水が入るものですから、上げて全部ハッチを閉めるわけです。それから、後部の機銃の銃座におった者は銃座を引いて、飛行艇の中央部に集まるんです。

吉村　吉津さんは、どこにおられたんですか。

吉津　操縦席の横におりました。そのとき、福留中将が、「セブ島を知っているんだ、おれは」と言った、ということを後でききました。福留中将と分隊士は、何かずうっと打合わせしていました。しかし、私は、話の内容を直接聞いておりません。それで不時着するという指示があったんですが、そのまま海中に飛行艇が突っ込んでしまったわけですたい。まだ高度が何十メートルかある、と計器盤の数字にはあったんですが、実はもう海面だったんです。その衝撃で、私は気を失いましたもんね。

吉村 海面に飛行艇が激突した音は、知っていたのですか。

吉津 わからなかったです。

吉村 意識不明になってしまったのですね。

吉津 そうです。気がついたときは、機の中にいて、ハッと気がついたら周囲は水だったものですから、もがいて上に出たんです。

吉村 どういうところから機外に脱出したんですか。

吉津 いま考えると、私は、分隊士の坐っていた指揮官席の後におって、不時着した時は機首から突っ込みましたので、指揮官席と操縦席のあいだにはさまれたような格好だったんじゃなかろうか、と思います。それで、無意識に階段を這い上ったんじゃないか。気がついたら、海面を泳いでおりました。それから、泳ぎながら飛行服を脱ぎ、飛行靴を脱ぎ捨てた。帽子も捨てて、防暑服だけになった。とにかく、飛行艇の燃料が引火して爆発するから、少しでも飛行艇から離れんと焼け死ぬという恐れがありましたので、水のなかへもぐって、飛行艇から少しでも離れようと思って泳いだわけです。飛行艇は、頭が沈んで、尾翼が突き立っていました。飛行艇から二〇メートルも離れておらんかったと思いますが、飛行艇が火を吹いて、バアーッと燃え上がりました。

吉村　音を立てて爆発したんですか。

吉津　とにかくバアーッと燃え上がったわけです。

この炎上した明かりで、離れたところで一人、二人泳ぎよる姿が見えたのです。向うでも気がついて、それで、「オーイ」「オーイ」と大声で呼び合って、みんな泳ぎながら一カ所に集まったんです。その時、岡村中尉が福留中将を引っぱっておられたですものね。

吉村　全員集まったですか。

吉津　はい。助かった人はですね。岡田一整曹、奥泉一整曹、下地もおりましたし、今西一飛曹、杉浦（留三）一飛曹もおったですね。それから田口二飛曹。田口二飛曹は傷を負って、きつう、きつうしていました。

吉村　きつう、というのは気絶という意味ですか。

吉津　いえ気絶というのではなく、傷ついていて、とにかく泳ぎ切らんでいたのです。

飛行艇が炎上したとき、腕にはめていた航空時計を見たら、一時五十分で止っていたですものね。そのときに、時計も飛行服なんかと一緒に捨てましたが、時間が一時五十分であったことは、よく覚えておるですものね。

私は、田口が傷ついているものですから、「田口、しっかりせんか」とはげまして、私と下地あたりが、一緒に田口の衿首をつかまえて泳いでおったわけです。そうしているうちに夜が明けて……。

吉村　ずいぶん泳いでいたんですね。
吉津　はい。
吉村　三時間も四時間も泳いでいたんですね。
吉津　それ以上と思います。
吉村　福留さんは、どうだったんですか。
吉津　福留中将も、ずうっと一緒に泳いでおられました。
吉村　だいぶまいっておられたんですか。
吉津　はい、まいっておられたです。
　それから、何時ごろですかね、夜が明けるのは五時頃ですから……。
吉村　何かつかまるものはなかったんですか。
吉津　なかったです。ただ、福留中将は救命胴着をつけておられた。私たちは、みんな飛行服から何から全部脱ぎ捨てて、防暑服一つになっていたけど。
吉村　吉津さんは、救命胴着をつけていなかったんですね。
吉津　ぜんぜんつけておらんかったです。

捕われの身となる

吉村　たいしたものですねえー、そんなに長い間泳ぐとは……。

吉津　泳ぎよって夜が明けてから、日が昇りましてね。田口二飛曹が「きつか」「きつか」と言ったけん、しっかりせいと言って引っぱりながら泳いでいったら、田口二飛曹の右足だったか左足だったかはっきり覚えんけど、大腿部から切断されているのに気がつきましてね。

吉村　ないんですか。

吉津　はい。田口二飛曹は電信員だったものですから、電信機が、不時着した衝撃で坐っておった田口二飛曹の膝の上に落ちたんだろうと思います。片足は大腿部からなく、もう一方の足も、足首から先がなかったですものね。出血多量で、「きつか」「きつか」と言っていましたもんね。私より若くて、元気のいい男でしたがね。

そのうちに、田口二飛曹がなにもしゃべらんので、見てみましたら唇が青ざめて、もう死んでおったんですよ。その頃になりますと、泳ぐ力もつきて沈んでゆく者もおった。田口二飛曹は救命胴着をつけていたものですから、死んでしもうたら不思議と田口二飛曹の体が浮くわけです。浮いておるとですよ。田口二飛曹の体を、当分のあいだは自分たちの浮きがわりに使いよったわけです。くたびれて沈みかかるとつかまる。元気になるとまた自分で泳ぐ。そのうちにまた沈みかかる。眠いのと、疲れで、そういう状態がずうっと続きよったですものね。

そのうちに、下地が、みんながあんまりくたびれておるから、とにかく自分が陸上へ行ってくる……と。もう島はそこに見えておるのです。何千メートルか先に。

吉村　ヤシの……。

吉津　そうです、ジャングルがみえました。下地は、島に自分が泳ぎついて船を調達し、船で迎えにくるからということで、私たちから離れて一人で泳いで行ったのです。

それで、私たちも下地を追うように泳いでいったんです。ところが、時間ははっきりわからんけど、もう日がだいぶん高く昇った時分に、現地民がカヌーでやってきたんですよ。

吉村　何隻ぐらいきましたか。十隻ぐらいですか。

吉津　十隻ぐらいおったと思います。私たちが泳ぎよるところを、舟でかこむようにやってくるわけです。私たちは、舟がきたものだから助かったと思って、「オーイ」「オーイ」と声を振り絞って叫ぶ。そうすると、寄ってきたやつが、パアーッときたほうに散ってしまう。二回か三回そういうことを繰り返してから、ようやく私たちのところに寄ってきた。

言葉が通じんわけですが、カヌーに乗れということだけは手真似でわかる。カヌーには蛮刀を腰につけた男が、二人ずつ乗っておりました。まん中に一人すわるようになっておるですものね。そのとき、だれが最初に舟へ乗ったか覚えんけれど、私も、一つの舟に乗せてもらい、舟の中央に坐ったわけです。

吉村　そのときは、田口さんの死体はどうだったんですか。

吉津　もうそのときは、放していました。やむをえんものですからね。舟がくる前に捨てておったと思います。

そして、カヌーに乗りましたら、カヌーが島のほうに一斉に隊列を組んでこぎ出すかと思ったら、私たち一人一人を乗せて、四方に散ったのですよ。散ってしもうたものですから、私は一人になった。天気はいいけど、ほかの舟は見えなくなってしまった。舟をこぐ二人の男は、矢のように島めがけて舟を進め、あと五〇メートルか一〇〇メートルで海岸につくあたりまで近づきました。海岸は、砂浜でした。その砂浜に、ジャングルから五、六十人の裸んぼうの男がバッと出てきました。その時、カヌーをこぎよる男が、こぐのをやめて、腰の刀を抜いて私になんか言いよるのですよ。そして、私の体にさわる。もしかすると、なにか私の持物を欲しがっているのかなあと思って、ポケットから財布を出して、くれてやったのです。そうしたらお金だけをとって、財布は捨てたですものね。おかしなことをするな、コンチキショウと思った。

それから、一人のやつが蛮刀を突きつけ、もう一人のやつが、ロープを出して私をくくろうとする。それで、私も前にあったオールをとって、立ち上がり、手向かいしようとしたんですよ。ところがカヌーの幅はようやく坐ることができるぐらいのせまさで、立ち上がったとたんに船が傾いたわけですたいね。私はオールをふりかざしたけど、足もとはぐらつくし、向こうは刀を持っておるので、カヌーの中ではとても勝てんばいと思ったものですけん、オールを置いて、縛るんなら縛れ、と坐って腕ぐみしおった。そうしたら、私をくくったですものね。

私をくくったら、男たちは、また舟を進めて浜にのし上げさせた。四、五十人の男たちが私をとりかこみ、その中の七、八人か、十人か覚えんけど、ロープを引っぱって、私をジャングルのなかに連れていくのです。ジャングルに入る手前に、大きな道路が海岸線に沿って走っていた。わあ、これは立派な道路があるなと思いながら、それを横切って山のなかに連れていかれたのです。後から四、五十人の男たちが、ワイワイ言いながらついてきました。

それからしばらくの間引きずりまわされて、パンの木があるところの下に、一間半ぐらいの小川がちょろちょろ流れている所で休憩しました。そして、洋皿に、トウモロコシとパンだったか米だったかはっきり覚えんけれども、それをまぜたおじやのようなものを盛ってきて、私に食べろ、というわけですよ。最初は、何が入っておるかわからんと思ったけど、前の日から何も食べておらんし、ハラは減っておるし……。

吉村 食べたのですね。

吉津 はい。食べるときは綱を解いたですがね。それを食べたら、のどがかわくものだから、ヤシの実をとってくれと手真似で言ったんです。そうしたら、ヤシの実をとってきて割ってくれました。私がヤシの実の水を飲んだら、また私をくくった。

それから、またジャングルの中を歩かせられて、山の中腹の草原みたいなところに連れて行った。こまいバラック建ての家が、一、二軒あったですものね。

そこで私を、一間四方ぐらいの丸太ん棒で組んだ小屋に入れたんです。入口に短い階段があって、それをのぼると中二階のようになっている。そこに私を入れたんですよ。綱を解いてくれて、二、三十分そこにとじこめられていました。ああ、これはいよいよ捕まったなあ、とそのとき初めて実感が湧いたんです。やつらは敵らしい、捕まったんだな、と思って……。ほかの人はどうしたかな、みんなカヌーに乗せられたが、どうしたろうかな、と。私が小屋に着いた時分は、夕暮れだったです。もう日が暮れかかっていたですものね。

吉津 ハダシで歩かされたんですか。

吉村 ハダシです。最初のあいだはハダシでなんのことはなかったけれども、二、三日目ぐらいからは足が腫れてしもうて、皮がむけて。

口車にのせられて

吉村 絶えず監視されていたんですね。

吉津 監視がついておるです。

吉村 銃を持っている人はいましたか。

吉津 おったです。正規の軍服じゃないけど、日本の防暑服みたいなものを着て、自動小銃を肩からひっかけた……。それ以外の者は、みな腰巻きだけつけた裸んぼうばかりですよ。しかし、一人残らず蛮刀は腰にさげていました。

それで小屋に入れられてから、捕まったなあ、どうしようかなあ、戦友はおらんし、と思っておったら、日本語の非常にうまいやつが、小屋に入ってきたんですよ。

吉村　フィリピン人ですか。

吉津　そうです。そして、私にいろいろ聞くわけですよね。私も最初のあいだは警戒してあんまりしゃべらずにおったけど……。

吉村　どんなことを聞くんですか。

吉津　「ここはどこか知っておるか」と言うので、「知らん」と言ったら「ここはミンダナオ島」と言うのです。ミンダナオ島ならダバオ基地もあるところじゃないか、とこっちは思ったものです。男は、非常に好意的な様子をして日本語を話すものですから、「ここがミンダナオ島なら、ダバオの日本海軍基地までどのぐらい距離があるか」と言ったら、「二頭立ての馬車で走れば、二、三時間で行く距離だ」と言うのですよ。私も若かったし、逃げ出したくてしょうがなかですよ、早くですね。この男は日本語を使うから、ひょっとして日本軍の味方かもしれんけん、いちおう聞き出してやろうと思って、馬車で二、三時間ならば行きたい、と言ったんです。

そうしたら、向こうが私に、「ユー」と言いましてね。「ユーが逃げ出す気があるならば、今晩、馬を用意してやる」と言うんですよ。私は、その口車にまんまと乗せられて、「逃げ出すけん、馬を用意してくれ」と言ったんです。男がうなずいたので、「それなら頼んだぞ」というぐあいで、私は小屋におった。そうやって話しよるうちに、男の口から「オカダ」という名前が一、二回もれたですものね。「オカダ」というのは、一緒に泳いでいた「岡田一整曹」じゃなかろうかな、と思ったわけです。

男が小屋を出て行ってから三十分もした頃、男が監視兵と入ってきましてね、私を乱暴にうしろ手に縛り上げて、小屋から引きずり出した。男が笑いながら、「お前には逃げる意志がある。のがしはしないぞ」と言いましたもんね。うまく口車に乗せられた、こんちくしょうと思いましたよ。引き出されたとき、もう夜の闇でした。縛られて、監視兵が何人ぐらいおるか、だいぶおるなと思って見まわしたところ、二、三十メートル先のほうに、同じように縛られて立っておる者がおる。よく見よったところが、岡田一整曹ですものね。私は、もう懐しさとうれしさで、「岡田」と言ったわけたい。岡田一整曹も、私だと気がついて、「オーッ」と言って、それからこんどは、岡田一整曹と私は、一緒に丸太小屋に押しこめられたです。

その日は、不時着した翌日ですから四月一日ですね。その日から私と岡田一整曹は、ゲリラにかこまれながら引っぱり回されたんです。ハダシで歩かせられるから、足は痛かものです。それで動物の皮をゲリラからもろうて、これを四角く切って穴をあけ、ぞうりをつくったわけです。ちょうどワラジのような……。

吉村　それは、何日目ぐらいですか。

吉津　捕まってから三日目ぐらいです。

死ぬときはみな一緒

吉村　それから、また歩かせられた?

吉津　そうです。たしか、歩きはじめてから五日目の夜だと思いますが、家が四、五軒ある谷のようなところについて、小さな家におしこめられました。疲れていたので、部屋の隅の壁によりかかって、すぐ眠ってしまいました。そのうちに人声がし、板壁のすき間から外をのぞいたところ、松明を手にした男たちがわいわいさわぎながら近づいてきたのです。担架もみえたんですよ。

吉村　担架は、幾つぐらいありましたか。

吉津　たしか二つだったと思います。それで、数名の男たちと担架にのせられた者を小屋の中に残して、ゲリラの連中は、外へ出て行ってしまいました。

吉村　小屋に入れられた人たちは、静かにしていたんですか。

吉津　いいえ、なにかボソボソ話をしているのがきこえました。耳を澄ましていると、チラッと日本語で、「大丈夫ですか」とかなんとかいう言葉が耳に入ったものですから、あ、一緒に泳いでいた者がみんなきた、というごたる気持になったのです。それで……。

吉村　近づいて行ったんですね。

吉津　そうです。近づけば、夜でも顔が見えるものですから、それで自分の名前を言いました。

吉村　小舎の中に、ゲリラはいなかったんですね。

吉津　入口のところと、小屋の周囲にいっぱいおりました。それで、私が、福留中将に顔を向けて、「参謀長ですか」と言ったのです。そうしたら岡村中尉と山本中佐が、口に指を押しあてて、しゃべるなという意味の格好をしたことを覚えておるです。私も、はははあ、名前をかくしておるのだなあと思って、それからは、参謀長とも福留中将とも言わんかったですね。

吉村　山本中佐の回想によりますと、引きまわされているときに、「殺せ」とゲリラに言ったとありますが、捕虜になったことについて死のうとしたこともあったのですか。

吉津　いろいろありましたよ。参謀長たちと一緒になった夜、岡村中尉が私たちを部屋の隅に集めてですね。お前たちがかれらに訊問をうけ、日本軍の機密をどうしても漏らさにゃならんような最後の状態になったときには、舌をかみ切って死ね、ということをおっしゃった。たとえ、うしろ手に縛られておっても、ひざを立てて顎をひざの頭にぶつければ、すぐ死ぬからということですね。ひざを立てよってひざにガクッとやれ、と言われたですたいね。

吉村　あごをぶつけろと。

吉津　はい。しかし、最後の段階までは、いかなる事態が起きても命はムダにするな、とも言われました。死んじゃならん、最後のどたん場までは死ぬな。死ぬときはみんな一斉に死ぬ。もうこれはいよいよ最後だ、機密をしゃべったりなんかせんといかんという立場に追い込まれたときは、そういうふうにして死ね。縛られておっても死ねるから、ということをおっしゃったのですよ。その翌日から、またみんな一緒に引っぱり回されて……。

吉村　朝から……。

吉津　いえ、昼間は行動をせずに、夜になってからです。捕まってから七日目か八日目に、三〇メートルごとぐらいの間隔で家が五、六軒点々とある所につきました。そこは山のなかだけど、平坦地になっていて、そこで休息をとりました。私たちを広場のようなところに並ばせて、そのとき、初めて私たちに官位姓名を名乗れ、と言いました。しかしみんな名前はしゃべらずに……。

吉村　偽名も言わなかったんですね。

吉津　そうです。言わなかった。その中でも私が、一番反抗的に見えたんでしょうかね。ビンタを二つ、三つ張られましたよ。私たちが横隊で並ばせられていると、一軒の家から外人の女が出てきたんですよ、女が……。

吉村　きれいな女なんですか。

吉津　ええ、きれいかったですよ。

吉村　若いんですか。

吉津　はっきりわからんけど、二十五、六ぐらいじゃなかったですかね。

吉村　白人ですね。
吉津　白人です。
吉村　どんな服装をしていました。
吉津　たしかスカートにブラウスだったと思うんです、金髪で。
吉村　その女は、何か言いましたか。
吉津　なんとか言いました。覚えんけど、何か甲高い声でしゃべったように覚えておるです。

ゲリラ指揮官と福留中将

吉村　吉津さんたちに敵意をもっておるような感じでしたか。
吉津　ある程度もっておったんじゃないですかね。
吉村　なんのために出てきたんでしょうね。
吉津　なんのためですかね。とにかく、私たちが並んで立っている所に近づいてきて、「ナントカカントカー」って甲高い声で言ったですものね。私は英語がわからんし、なんて言うたのかわからんわけです。
吉村　黙っていたんですね。
吉津　はい。

吉村 何か身分のあるやつだとは思いませんでしたか。
吉津 その女を、ですか。
吉村 ええ。
吉津 そのときは深くは考えなかったけど、軍人の奥さんか、ぐらいしか考えなかったですね。
吉村 それは、ゲリラの指揮官のクッシング中佐の妻なんでしょうね、まちがいなく……。女は一人しかいなかったそうですから……。
吉津 そう言えば、男たちは、女に従っていたような感じでした。
吉村 そこからまた歩かされたわけですか。
吉津 そうです。通りすがりに一軒の家をのぞいて見たことろ、大きな電信機と附属の器具類がいっぱい部屋に詰まっておったとですよ。その家から何百メートルも遠く離れたところへ電線を引っぱってあって、マイクで言ったり、無線連絡もしておる。ほォー、こういう山のなかにたいした設備をしておるなあといって、私たちみんな感心したわけです。ここからどっかに連絡とりよるな、と思いました。と同時に、いよいよ敵の本拠にきたなとも思いました。
それから連れて行かれたところが、ゲリラの本部だったんですね。そこにジェームズ・クッシングともう一人なんとかという中尉がおった。
吉村 引っぱり回されていた時の天候はどんなだったんですか。暑かったですか。雨なんか降りませんでしたか。

吉津　別に雨の記憶はあんまりないごたるですね。天気はよかったんじゃなかろうか、と思います。

吉村　深いジャングルのなかばかり歩くんですか、夜。

吉津　そうです。深いジャングルのところもあれば、高原みたいなところもある。大きい木はあんまりありませんでした。

吉村　懐中電灯のような明かりを持って移動するんですね。

吉津　明かりはつけませんです。

吉村　向こうの連中は、黙って歩いているんですか。

吉津　しゃべりながら歩きよるです。

吉村　陽気なんでしょう。

吉津　はい、陽気ですよ。もうワイワイ言うてですね。たしか、夜、引っぱり回されて休憩した時、タマゴを焼いたものなんかを食わせてくれたりしました。裸んぼうの男たちが火をボンボン燃やしながら、肉の塊、それもいま考えるとバカげた想像だと思うけど、人間のちょうど太股を（笑）切ったようなものを棒に刺して、焼きおるですものね。赤茶色に焼けるまで焼きよる。それを食べながら（笑）しゃべったり何かしておるでしょう。わぁー、これは岡田一整曹、私たちも食われるとじゃなかろうか、と言ったこともあるですよね。

そして、そのときは小屋で寝させてもらったけど、うしろ手に縛られているものだから、仰向けにも、うつ伏せにも寝れんし、壁に寄りかかって眠ろうとしたんですが、腕が痛くて寝れんわけです。小屋のなかに入れても、綱を解かんかったですものね。

それから、こんなこともありましたよ。岡田一整曹と丘の上に立たされましてね。例の日本語のうまい男が、目隠しの黒布を持って近づいてきて、私たちに、「目隠しをしろ」と言ったんですよ。二〇メートルぐらい離れた所に、自動小銃を手にした男たちが一列にならんでいるんですよ。

吉村　銃殺される、と思ったですか。

吉津　思いました。それで、岡田一整曹も私も、「目隠しは要らん」と言ったですたい。ところが、日本語のうまいやつが、「目隠しをしろ」と言う。「自分たちは、目隠しする必要はなかけん」と言ったとばい。そうしたら、指揮する者が号令をかけ、男たちが銃をかまえた。が、弾丸は入っていなかったですよ。殺す芝居をしたわけで、笑っていました。そんなこともあったですよ。

吉村　無線機のあった所からゲリラの本部まで行くのに、何日ぐらい歩いたんですか。

吉津　その日のうちに着きました。

吉村　本部がある所には、何軒ぐらいの家がありましたか。

吉津　丘になっていて見晴しがいい所でしたが、家は何軒ぐらいあったですかね。

吉村　十軒ぐらいですか。

吉津　十軒もあったですかね。点々と立っているのでよくわかりませんが、そのぐらいあったんじゃないですか。

吉村　家に入れられたわけですか。

吉津　馬の飼料や枯草なんかをいっぱい積んである小屋で、入口は一カ所でした。干草が置かれてあって、その干し草の上で私たちは一泊したわけです。縄はといてくれましたし、その晩の料理は案外ご馳走であったように覚えております。

吉村　洋食か何かですか。

吉津　米のめしを食わせたですよ。福留中将とか将校には、たしかウイスキーか何かははっきり覚えんけど、何か飲みものを一杯ずつぐらい渡していたように記憶しておるですけどね。肉なんか、豚の丸焼きをサイコロのように切って食べさせたですものね。はあ、いよいよこれは最後の段階まできたな、それだから御馳走も出したんだ、と思って、みんな死の覚悟をしましたよ。

食事が済んだ後、敵は家から出て行き、入口の戸口もピタッと締められて、私たちだけになった。その時、初めて福留中将が、みんなに訓辞のようなことを言われたんですよ。自分たちは不幸にしてこうやって捕まった。しかし、自分は名前をフルミとか花園少将とか、ともかく変えとると、ほかの士官も偽名を使っておるけれども、下士官たちは自分の本名を言うてよか、ということを言われたわけたいね。おそらく明日あたりには、きびしい訊問があるかもしれんから覚悟しておけ、ということを簡単に申されたと思うですね。それで私たちも、今夜一晩ぐらいであしたは命はなかかもしれんな。いよいよあしたは殺されるかもしれんぞということを覚悟して、その晩、横になってみんな寝たのですよ。

そうしたら、夜中に銃声が聞こえた。「あ、銃声が聞こえる、何かな」と思って耳をすましておったところが、ジェームズ・クッシングともう一人の将校が初めて入ってきたです。

吉村 懐中電灯を持ってですか。

吉津 持っていたですかね。

吉村 家の中は、真っ暗なんでしょう。

吉津 真っ暗です。たぶん電灯を持っていたんでしょうね。

ゲリラ兵も、二、三人ついてきていました。そして、クッシングが、参謀長に何か英語で話しておった。何て言っているのかと思っていましたら、参謀長と山本中佐が低い声で話をしているのをきくと、ここが日本軍に包囲されているのがわかったんです。とにかくクッシングたちは、包囲されたので脱出できん。包囲を解いてくれるように、だれかが軍使に立ってくれという交渉をしているようでした。そのうちに「日の丸」の旗を持ってきて、岡村中尉と奥泉一整曹が軍使に立つことになった。その夜のうちに岡村中尉は、奥泉一整曹を連れて「日の丸」の旗を手に部屋から出て、日本軍のほうへ行ったんです。(奥泉一整曹は行くことをやめ、岡村中尉が一人で行った――吉村注)

吉村　銃声はそれ一回しか聞こえなかったんですか。
吉津　はい、一回だったです。
吉村　クッシングという人は、どんな感じの男でしたか。年をとっているんですね。
吉津　年をとっていたです。やさしいような感じで、敵というような感じは受けんかったですよ。
吉村　どんな服装をしていましたか。
吉津　終戦後、米軍が日本に上陸してきたでしょう。ちょうどああいう服装だったです。簡単なカーキ色の軍服ですよ。
吉村　背の高い男ですか。
吉津　高かったです。ヒゲをはやしておったか、そこらへんは覚えんけど、英国人ですか、米国人ですかね。
吉村　アメリカ人です。
吉津　アメリカ人ですか。そうやって岡村中尉と奥泉一整曹と二人で出ていってから、私たちは、こんどは一人一人でなくて、片手ずつ数珠つなぎにされたんです。そして、丘の斜面をくだって、弾丸がきても当たらん谷間のような所に連れて行かれた。そこには大きな家があって、私たちはその中にとじこめられました。外には二、三百人のゲリラがおったですね。
吉村　クッシングもついてきたんですか。

吉津　一緒についてきました。間もなく夜が明けて、クッシングがまた入ってきて、「日本軍が包囲を解いて引き揚げるという条件をのんだので、きょうの午前十一時を期して、日本軍のほうに引き渡す」ということを言いよったんです。

吉村　岡村さんは帰ってきたんですか。

吉津　帰ってきて、福留中将になにか報告し、また引き返してゆかれました。

吉村　二度、日本軍のところへ行っているんですね。

吉津　そうです。向こうへ行って、またこちらへ帰ってこられたわけです。

吉村　吉津さんたちのいた所は、谷間ですね。

吉津　そうです。

軍使岡村中尉の責任感

吉村　何軒ぐらい家があったんですか。

吉津　二、三軒しかなかったような気がします。どれも大きい家だったと思います。それから谷間をあがって、ゆるい傾斜に出ました。そこに、なんとかという大きな木があったですよ。

吉村　マンゴーの。

吉津　そうです。マンゴーです。そこのところで引渡されたわけですよ。

吉村　引取りにきた日本の兵隊が、歩いてくるのが見えたんですね。

吉津　そうです。そのとき私が強く記憶しておるのは、ゲリラ側の要求が、日本軍のほうは小銃を持ってきてはいけん、と。短剣だけはつけてきてよかけど、とにかく丸腰でこいという条件を出したと聞いていましたが、たしかにこられた日本軍は、小銃も持たずに丸腰だったです。ゲリラのほうは、私たちが越えてきた山の上に、小銃を持ったやつが五メートル間隔ぐらいにズラーッと並んでおるんですよ。私たちがいちばんハラハラしたのは、私たちがマンゴーの木のところで日本軍に引渡された時、丸腰の日本軍を一斉射撃するのではないか、もしそんなことになったら皆殺しになると思ったですよ。自分たちは敵のほうからきておるものですから、敵の配置はわかっておるし、向こうは全部実弾込めて伏せておる。「これは、ドカンとうしろから撃たれれば、全滅たい」と、私たちは、引っぱられながらコソコソ話しておったんですよ。

そうしたら、向こうも紳士的でしたね。私たちが日本軍のほうに引渡されるとき、ゲリラたちは、十日間ばかり一緒に行動した関係かしらんけど、別れるときに握手を求めたりなんかして、非常に好意的に私たちを送り出したですね。それから日本軍のほうへ行ったんです。

吉村　ゲリラが、歌を歌ったりしたそうですね。

吉津　さあ、覚えんけど、とにかく好意的だったですよ。非常に好意的に引渡されて、日本軍のほうに連れていかれて、それから陸軍のトラックに乗せられて……。

吉村　どこまで行ったんですか。

吉津　セブの海軍の根拠地までだったと思います。そこで一晩か二晩、泊まりゃせんかったですかね。そうしたら、サイパンから二式大艇だったか九七式飛行艇だったか覚えんけど、迎えにきました。

吉村　それに乗ってサイパンに戻った。

吉津　そうです。

吉村　それからどうなさいましたか。この事件については、「ぜったい口外しちゃならん」なんて言われたでしょう。

吉津　その通りです。

吉村　どこで言われたのですか。

吉津　セブの根拠地だったと思います。

吉村　サイパンの基地へ帰ったら「おまえ、どうしていたんだ」なんて言われませんでしたか。

吉津　言われたです。同年兵とか先輩・後輩全部からです。

吉村　なんて答えたんですか。

吉津　不時着したということと助けられたことは言いましたけれども、捕虜になったとか、十一日間山のなかをひっぱり回されたということは、なんとか言葉を濁して、言わんかったです。言うてはならん、という命令を受けていたものですから。

岡村中尉が、セブの根拠地で、自分たちは助けられたけれど、軍人として捕虜になったことは最大の恥だから、みんな自決して死ぬということを言われ、私たちも自決を決意したんです。その時は、参謀長と山本中佐たちは別の所に行ったらしく、私たちとは顔を合わす機会がなくなっていました。岡村中尉だけは、私たちと一緒におって、とにかく自分たちは自決せんといかん、と。おめおめ基地には帰れんということを申されて、死ぬ覚悟を決めたわけです。

それが、参謀長の耳に入ったんじゃなかろうかと思いますけど、参謀長が岡村中尉を呼んで、「気持はわからんでもないが、いまこの大事な時期に貴重な搭乗員何人かをみすみす殺すということは、日本のためにならん。現在、搭乗員を一人前に養成するのは大変なことであるし、優秀な搭乗員を殺してはならぬ。自決だけは思いとどまってくれんか」と申されたということです。それで、岡村中尉も、自分たちは自決せんといかんと決めておったけど、参謀長から言われたので、自決は一時見合わせる、と言われました。

吉村　自決は、どういう方法でやろうとしたんですか。

吉津　白鞘の短刀を一本ずつ渡す、と岡村中尉は言われました。ハラを切って死ねということだったですね。

吉村　事実、短刀を？

吉津　全員に渡してくれました。しかし、それはまた全部返還しましたけどね。

吉村　岡村さんはどこから持ってきたんでしょうね。

吉津　どこからでしょうね。

吉村　短刀を何本も持ち出したので、参謀長たちも自決することを察知されたんでしょうかね。

吉津　私たちにはそういう詳しいことはわからんけど、ただ自決せんといかん、助かったけれども、切腹ものたい、と思って覚悟は決めておった。それを止められたわけです。

それから、岡村中尉がおっしゃるには、「サイパンに帰っても、今後、敵の機動部隊が来た時には、一機一艦主義で必ず敵艦に突っ込まんといかん。命を長らえることは、でけん。こんど機動部隊がくるまでの命だ」と言われて、自分たちも、そのハラでサイパンの基地に帰ったわけですよ。基地に帰ると、さっきお話したように、いろいろ聞かれて私たちは全く困りましたよ。私は、青島《チンタオ》への転属がきまっていましたので、サイパンに帰ってから何日目かに横浜へ向う飛行機に乗せてもらって、横浜まで送ってもらいました。

吉村　追浜飛行場ですか。

吉津　そうです。それから陸路で朝鮮を通り、一人で青島まで転勤していきました。

吉村　岡村さんは、その後、戦死なさったんですか。

吉津　たしかナウルじゃなかったですかね。そこに小さい基地があって、その附近で戦死されたように聞きました。

吉村　体当りですか。
吉津　それまでは聞いておらんです。初めは、岡村中尉がサイパンの玉砕のときに戦死されたのかと思っていましたが、サイパンで玉砕じゃなか。ナウルかオーシャンかどちらかの島で戦死されたということを聞きましたもんね。
吉村　サイパンで死なれた方は、どなたですか。
吉津　サイパンで死んだのは……、奥泉一整曹なんかも戦死ならば、サイパンでなかですかね。谷川整備兵長はそのとき戦死。ほかには、今生きておるのは私と今西一飛曹以外に、搭乗員でおらんごたるですね。
吉村　そうすると、生きておられるのは今西さんと吉津さんだけになりますね。
吉津　吉村さんは、私への電話で岡田一整曹も生きておるとおっしゃっておられたでしょう。
吉村　いや、それがですね。調べてみましたら、同姓同名の別の方だったんですよ。
吉津　そうでしょう。私もお電話をいただいてから記録を引っぱり出してみたんですが、「岡田一整曹――戦死」となっておるんですよ。しかし、吉村さんが生きていると言うので、岡田一整曹は生きていたのかな、と思ったんですが……。
吉村　杉浦（留三一飛曹）さんは生きておられ、昭和二十五年に亡くなられたそうですね。
吉津　はい。

古賀司令長官の遭難

吉村　サイパン基地に帰ったときに、一番機に乗って出発した古賀司令長官が遭難したということはききましたか。

吉津　聞きました。セブの根拠地に着いてからだったか、サイパン基地にもどってからかはっきり覚えておりませんけれども、とにかく一番機は遭難して、古賀司令長官以下全員行方不明ということを聞きましたですものね。

吉村　パラオを出発した後、一番機とは別れ別れになったんですね。

吉津　そうです。パラオを出たとき、最初のあいだは、一番機との間で無線連絡を取りよったんですよ。電信員の田口二飛曹、杉浦一飛曹の話じゃ、最初のあいだは取りよったけど、スコールに突っ込んでしばらくしてから、一番機と連絡をとれんようになったそうです。

そのとき、一つのミスがあったんです。サイパンを出発してパラオにむかう時、電信員が、電信室に周波数を合わせる水晶を取りに行ったんですが、私たちが離水するのに間に合わず乗れなかったんです。その水晶がなかったものですから、パラオを出発後、目的地のダバオ基地とぜんぜん連絡とれんとです。周波数が合わずに、無線がとれんかったんです。

出発のときから、そういうミスがあったわけですたい。緊急命令で、一刻も早くパラオに行けという命令を受けておりましたので、全員乗り込んでおるものと思って離水したわけですたいね。

吉村　乗り遅れたのは、若い人だったんですか。

吉津　そうです。二飛か上飛だったですよ。おそらくその電信員は、私たちの飛行艇が遭難して不時着したことをきいて、かなり悩んだろうと思うですけどね。

吉村　つらいでしょうね、それも。

吉津　もし撃墜でもされて全員戦死したとしたら、乗り遅れて命が助かったわけで、生きた気持もなかったでしょうね。

吉村　福留中将の負傷の程度は、どうだったんですか。

吉津　私が覚えておるのは、ハダシで長い間歩かれたので、足の底が傷ついておった程度じゃなかですか。歩行困難というごたる状態だったですものね。

吉村　ほかに負傷していた人はいなかったんですか。

吉津　掌通信長の山形中尉が、やけどをしていました。腕と後頭部に……。

吉村　その二人が、担架で運ばれていたんですね。

吉津　最初、岡村中尉が参謀長を背中におぶって歩いておられたですものね。

吉村　いつごろから担架に……。

吉津　担架は、たしか私たちが参謀長たちと一緒になってから一日か二日してだったと思うです。とにかく歩かれんくなったので、担架で運びました。が、一日ぐらい担架がなかったときもあって、交替でおぶって歩きよったこともある。

一昨年、私は福留中将に面会に行きました。そのときは、まだお元気だったですものね。「岡村中尉には世話になった。自分たちは岡村中尉がいたので命拾いした」というごたる話をされて……。福留さんも惜しいことに、去年、亡くなられたですものね。

吉村 岡村さんは、立派な方だったようですね。

吉津 はい、非常に律義な方で……。指揮官として信頼のおけよった方ですね。

吉村 福留さんに尽くしたんですね。

吉津 非常に尽くされておるとですね。とにかく岡村中尉は、非常に責任観念の強い人でした。

吉村 岡村さんは、日本軍に使者として立った時、相当の覚悟をしておられたのでしょうね。

吉津 死を覚悟して行かれたんだろうと思います。

Ⅳ　伊号第三三潜水艦の沈没と浮揚

伊号第三三潜水艦について

伊号第三三潜水艦は、昭和十七年六月十日、神戸三菱造船所で竣工された、基準排水量二、一九八トン、全長一〇八・七メートル、速力二三・六ノット（水中速力八ノット）、備砲一四サンチ砲一門、二〇ミリ二連装機銃一門、五三サンチ魚雷発射管六基、魚雷数一七、偵察機一機搭載可能の一等潜水艦であった。

完成後、第六艦隊第一潜水戦隊の司令潜水艦になり、ソロモン諸島方面の作戦に従事した。そして、九月十六日、トラック島泊地で検査、修理をうけたが、二十六日、修理作業中、連絡不備のため沈没し、航海長以下三十三名が殉職した。水深三六メートルの地点であった。

ただちに引揚げ作業がおこなわれ、翌十八年一月二十九日に完全浮揚した。艦は、トラック島から呉海軍工廠に曳航され、徹底的な修理工事を受け、昭和十九年五月末日、それも終えて連合艦隊に引渡された。

同艦は、瀬戸内海で単独訓練をしていたが、六月十三日、急速潜航訓練中、浸水し、沈没した。救助された者はわずか二名で、艦長和田睦雄少佐以下乗組員百二名が殉職した。

終戦後の昭和二十八年二月、呉市にある北星船舶工業株式会社では、伊号第三三潜水艦の引揚げ作業に着手、苦心の末、七月二十三日、完全浮揚に成功した。

その折、艦首部の魚雷発射管室とそれに附属する前部兵員室の区劃が浸水していないことがあきらかになり、報道陣の大きな関心をひいた。

浮揚後、その区劃から十三個の遺体が発見され収容されたが、それらの遺体は、あたかも生きたままであるかのような状態であった。それは、その区劃の酸素が乗組員によってすべて吸いつくされたため腐敗菌等の菌が活動を中止し、さらに水深六一メートルという海底の冷たさで、腐敗することはなかったのだ、と推定された。

沈没時に救助された乗組員二名中の一人

小西愛明氏の証言

小西氏は、昭和十五年十二月一日海軍兵学校に入学、十八年九月に卒業後、旧一等巡洋艦「八雲」(航海練習艦)に乗って二カ月間の航海訓練をし、戦艦「日向」乗組みとなり、十九年三月少尉に任官した。

氏は、潜水艦乗組みを希望し、五月二十日、「伊号第三三潜水艦」への転属命令をうけ、砲術長兼通信長として着任した。その直後に遭難したのである。

私は、大阪に赴き、ホテルのレストランで小西氏に会った。四十代の半ばを越したとは思えぬ若々しい顔をしていて、出された名刺には、商社の幹部社員の肩書きが印刷されていた。

百四名の乗組員中二名救助された一人ということが、信じられないほど温和な方であった。

伊予灘で潜航訓練

吉村　小西さんは、海兵のご出身ですね。

小西　そうです。海軍兵学校へ昭和十五年の十二月一日に入りました。七十二期です。クラスは六百二十名余りおりましたが、卒業の一週間前に飛行機乗りと艦船勤務に、半々ぐらいに分れたんです。私は、初めから潜水艦に乗ることを希望していました。それは、伯父が潜水艦乗りでしたのでね。

吉村　兵学校に入ったときから、潜水艦に乗ろうと思っていたんですか。

小西　そこまでは考えていなかったんですけれども、最終的にどの方面に進むかきめなければならなくなったとき、潜水艦ときめたのです。

吉村　失礼ですが、お生まれは？

小西　大阪です。今宮中学です。

吉村　海兵を卒業してからは、どのように……？

小西　昭和十八年九月に卒業後、二カ月間練習航海をして、十一月中旬に戦艦「日向」乗組みになりました。ちょうど「日向」が航空戦艦に変わりました直後です。佐世保で改装して、徳山へ回航し、これから伊予灘で試運転をやるというときに乗ったんです。まだ工廠の工員さんなんか随分乗っていましたよ。私は、翌十九年の三月に少尉に任官しました。

吉村　「日向」には、いつまでおられたんですか。

小西　十九年の五月までで、それから呉で「伊三三潜」に乗りました。

吉村　年齢はおいくつでした。

小西　二十二歳です。

吉村　「伊三三潜」に乗ったのは、艦を呉工廠で修理していた時ですね。

小西　そうです。最後の修理完了直前でした。呉工廠の潜水艦栈橋に行ったのです。

吉村　修理が完了したのは、五月末ですね。

小西愛明氏

小西　そうです。そして、六月の初めから訓練に入ったわけです。二週間ぐらい伊予灘で訓練をつづけました。事故が起ったのは最後の日、訓練の打上げの前日だったんですよ。

吉村　その日は、朝何時頃出たんですか。

小西　出航が七時でした。沖合に出て、一回潜航し、二回目の潜航のときに……。

吉村　一回目はどのくらいまで潜航したんですか。
小西　あのあたりは水深六〇メートルぐらいですからね、普通の潜航訓練の場合は、大体二〇から三〇メートルくらい潜航するんです。
吉村　一回目は何事もなく？
小西　ええ、何事もなくて……。それで二回目のときに、たしか午前八時十分過ぎ頃だったと思うんですがね。先任将校の平沢豊治大尉、六十六期の方ですが、この方が哨戒長として訓練をしていたのです。私は、艦内の司令塔内におりました。……
吉村　潜航訓練というのは、どういうことをするのですか。
小西　艦橋に哨戒長をはじめ五、六名がいて、見張りをし、敵を発見したという仮定のもとに急速潜航するということを繰り返しておったんです。急速潜航の時間を短縮するというのが、訓練の目的でした。乗組員を三直に分け、水雷長、航海長、砲術長が各直の哨戒長を勤めます。
吉村　なるほど。
小西　ヂーゼルエンジンで水上を警戒航行中に敵機または敵

航走中の伊26潜水艦。伊33潜水艦と同型艦といわれる

艦を発見したということを仮定して、サッと急いで潜航するわけです。水上を高速力で走りながら水深一八メートルまで潜る。一八メートル潜るということは、潜望鏡をいっぱい出せば、潜望鏡の先がちょっと出る深さなんです。これを通常「露頂深度」といっていますが、それまで潜る訓練。その深さまで何秒で潜れるか、と。艦橋におる者が艦内に入り、それから潜航して、一八メートルの深さまで潜航するのに何秒かかるかということで……。最初は一分二十秒ぐらいかかっておりました

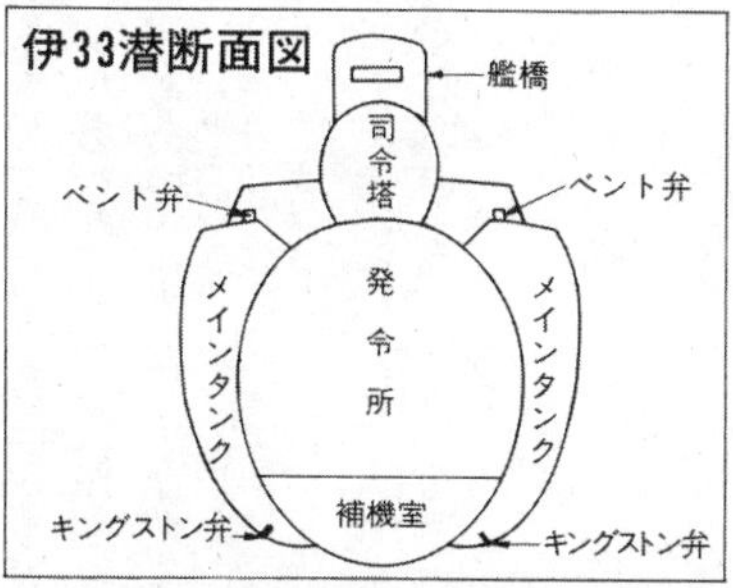

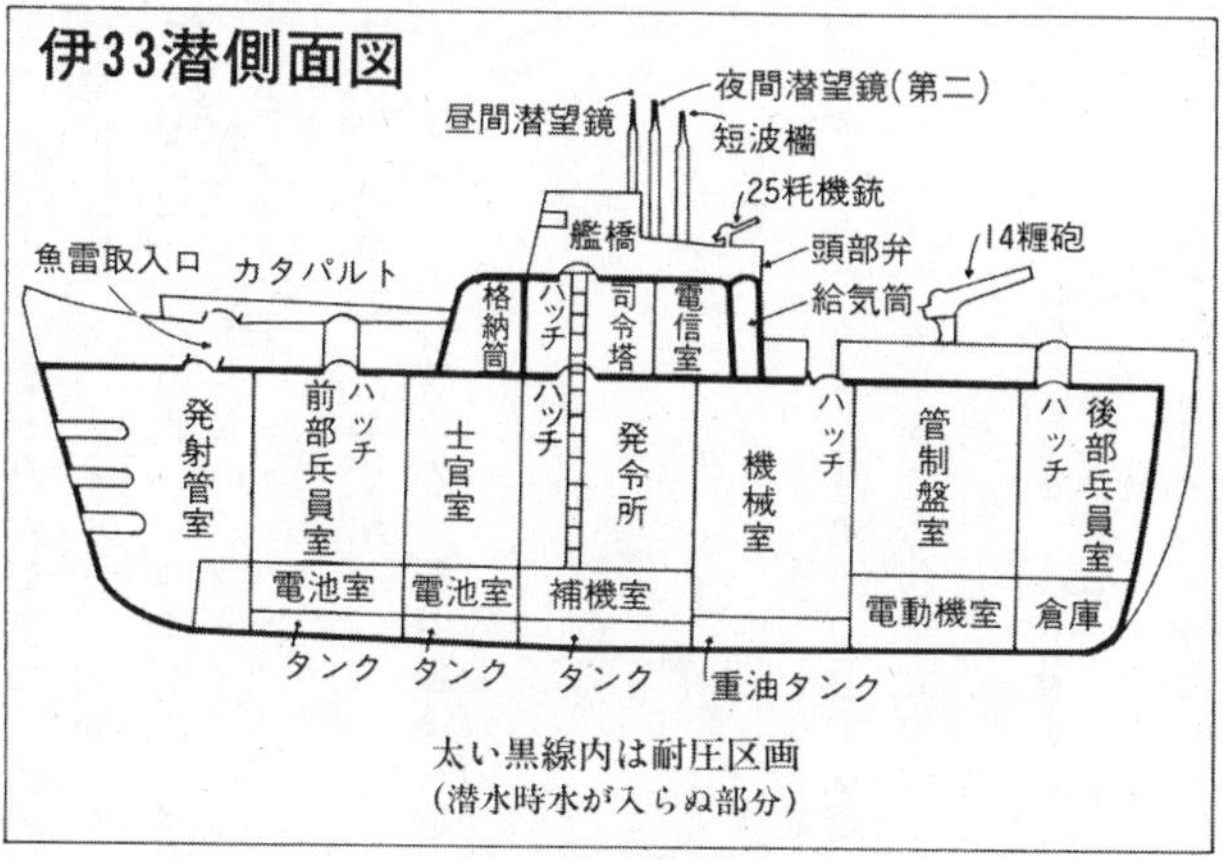

のが、二週間訓練を繰り返しているうちに四十五秒ぐらいまでになったんですね。結局、そこに訓練の一つのムリがあった、と大久保中尉は遺書に書いていますけど、結局、潜航時間を急ぐあまりに、ああいう事故につながったということですね。いずれにしても艦が水上を一二ノットから一四ノットで走りながら、水深一八メートルに四十五秒で潜るということは大したものです。

吉村 一八メートルまでもぐるのに、四十五秒ですか。大変なことですね。

小西 だから死にものぐるいです。ハッチを閉めて、注水して潜航する。その訓練を重ねておったのです。

丸太の事故

吉村 艦橋にいる人が、艦内にとびこむ……。

小西 滑り降りるんですが、脱兎なんていうもんじゃないですね。垂直梯子《はしご》の手すりに手をかけまして、同時に足をかけて、そのまますーっと垂直に滑り降りるわけです。

吉村 怪我はしないものですか。

小西 捻挫した者もおりました。滑り降りるときに膝なんかよく打ちますね、最初慣れないうちは。それからストンと下まで落ちる時に足首をやられたり……。

結局ね、普通の潜航ならばいったん全部弁を閉めて、注水する前に気密試験といって艦内に少し空気を出し、艦内の気圧を高めるわけです。それが下がれば、どこか空気が洩れておることになり、下がらなければ空気が洩れていないわけですから、そのまま潜航しても安全だということを、普通の潜航ではたしかめるわけです。

ところが、急速潜航のときには、それをやるひまがないので、やらないんです。そのかわり荒天通風筒頭部弁がいっぱい閉まったことを機械室の担当者が確認すると司令塔に赤いランプがつくようになっているんです。で、あくまでも哨戒長は、そのランプのついたのを確認してから、「ベント開け」の号令をかけるのです。ところが、あのときは潜航を急ぐあまりに、頭部弁閉鎖の確認を充分しないままに号令がかかったということです。

吉村　それは、はっきりしていることなんですか。

小西　はっきりしています。弁が完全に閉まっていなかったんですから……、丸太がはさまっていましてね、あんな丸太がはさまっていたというのは、よほど運が悪かったんですよ。

吉村　丸太？　どこにです。

小西　艦橋の横に荒天通風筒という通風口があるんです。ヂーゼルエンジンで水上航行中に必要な空気を取り入れる……。金網が張ってありましてね、その中に、艤装のときに使った丸太が残っていたんです。修理工事がおわったときに、確認をおこたったたということですね。それに、運が悪いことに丸太が、たまたま頭部弁を閉めるときに弁にはさまってしまったのです。

吉村 丸太が、事故の原因ですか。

小西 丸太の切れはしです。

吉村 あらためておたずねしますが、それもはっきりしていることなんですね。

小西 はい。事故後、海中に入った潜水夫がそれを引き上げてきましたから……。

吉村 ご覧になりましたか。

小西 見ました。沈没した翌々日に、潜水夫がもぐりましてね、事故原因をしらべたんです。そうしましたら、弁に丸太の切れはしがはさまっていて、そこから艦内に水が浸入したことが確認されたのです。足場用の丸太ですよ。われわれよく言うでしょ、足場丸太というの。あれの切れっぱしです。長さは一五センチぐらいでした。

吉村 直径は？

小西 四、五センチでした。

吉村 それで弁が閉まらず、浸水したんですか。

小西 それでも排水ができればよかったんですが、水が入ってきたので、艦内の電気がショートして停電してしまい、排水ポンプがかからず、水の入るのにまかせた、という状況になったのです。

吉村 潜航を始めたときに、異常を感じましたか？

小西 私は司令塔内におりましたが、下から「浸水」と言ってきたんです。

吉村　急速潜航してから、すぐにですか。

小西　ええ、すぐ言うてきました。それでハッとして下を見たら、機械室から発令所の方へ水が入っていくのが見えました、流れ込んでいくのがね。

吉村　見えたということは、そのときはまだ電気がついていたんですね。

小西　そうです。まだついていました。それで哨戒長が（その時は発令所の指揮官である先任将校水雷長の当直）、司令塔からすぐ下に降りていったんです。それからしばらくしてです。司令塔とその下の発令所との間の隔壁を閉めてしまったんです。

吉村　ということは、下の人はそれきり……。

小西　それで機械室におった人が、一部発令所へ逃げ込んだようで

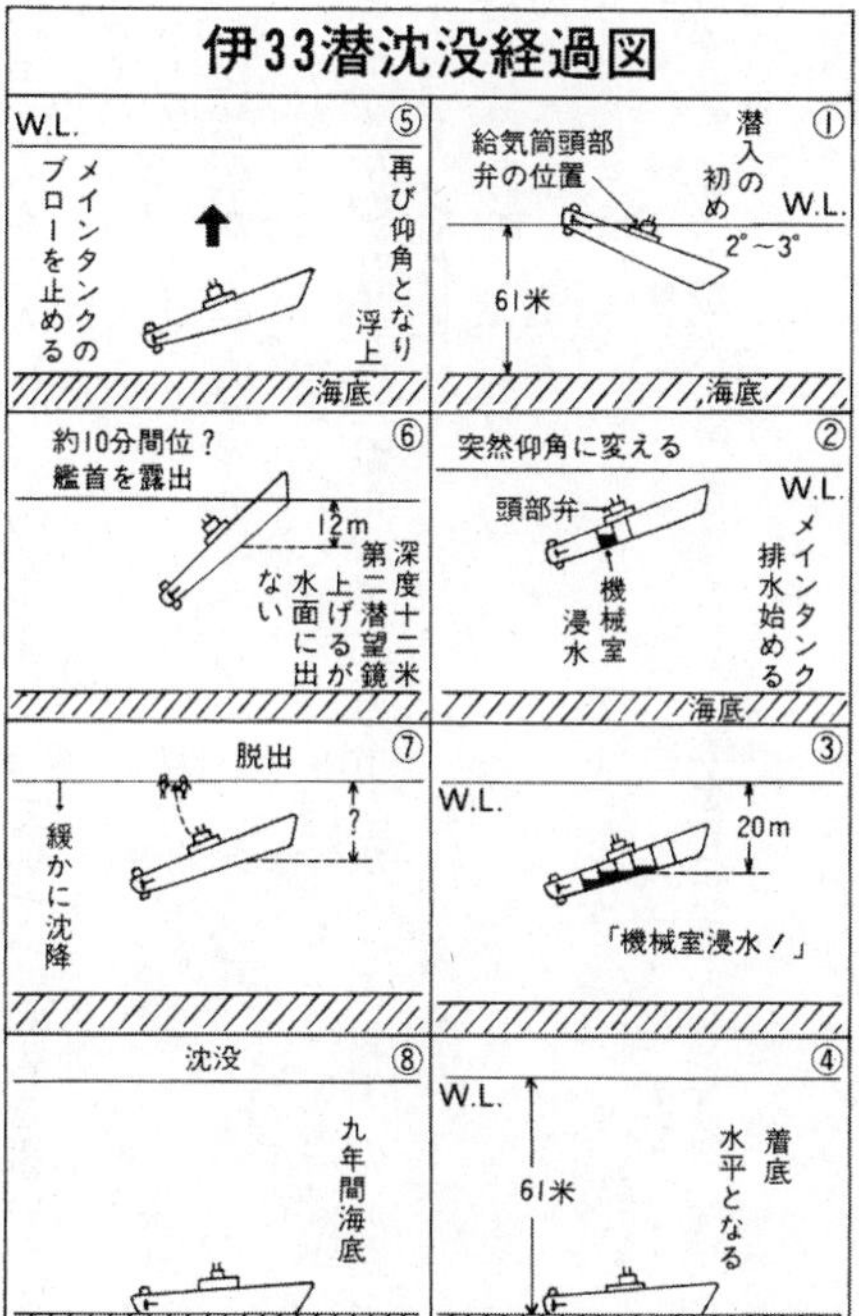

すが、後部へ逃げて電動機室へ入った人はしばらく生き残っていて、遺書を書いたんですね。

吉村　伝声管はどうなっていたんですか。

小西　伝声管から、そうした状況が伝わってきたんです。

吉村　なんか言っていましたか?

小西　「艦内防水」って号令がかかりましたから、その号令がかかると艦内の通路を全部閉めます。それでおしまいでしたね。

吉村　全然それから連絡なしですか。

小西　しばらくあっただけです。

吉村　どういうことを言ってました。

小西　「浸水」って。伝声管からも水が入ってきますし、蓋をしたようです。

吉村　伝声管も閉じちゃう。

小西　蓋をしたようです。

吉村　それから艦は、海底に着底したんですね。

小西　普通は着底せず、まず二〇から二五メートルぐらいまで一たん落ち込んで、それから上にあがるんですけれどもね。あのときは、一たん下までドスンと落ちたんです。

吉村　海底にぶつかる衝撃は、あったんですか。

小西　軽い衝撃です。それからしばらくして、艦尾の部分に水が入ってしまっていたので、艦首の方がズーッと上がったんです。水深が六〇メートル。船の長さが一〇〇メートルちょっとですからね。ですから、艦首がちょっと水面に出たという状態になったんでしょう。

救われた者力つきた者

吉村　その間、電気が消えてまっ暗だったんですね。

小西　夜光の標識と、それから懐中電灯と。計器などに夜光塗料が塗ってありますから、それが淡く光っているんです、青白く……。

吉村　人の顔ぐらい見えるんですか。

小西　ぼんやり見えます。

吉村　そういうときどうなるんですか、人間というものは。もちろん非常な恐怖感でしょうね。

小西　そうですね、実感ですね。助かるかどうかわかりませんし。ただ、しばらく待っていたけど、結局どうしようもないということで……。

吉村　シーンとしちゃうもんですか。

小西　シーンとしちゃいますね。声を出す者もいないし……。

吉村　艦長は、どうしていました。

小西　じっと坐っておられましたね。すべての考えられる号令は全部かけて、そのあとはずっと坐っておられました。

吉村　ソファかなんかあるんですか。

小西　ソファじゃないんですが、小さい備付けの腰掛があるんです。それに腰掛けて……。

吉村　それで艦が、徐々に上にあがったんですね。

小西　艦首だけね。それで、とまったのです。

吉村　なにか音なんてしていましたか？

小西　水がポトポトと。浸水する音だけでした。

吉村　下からですか。

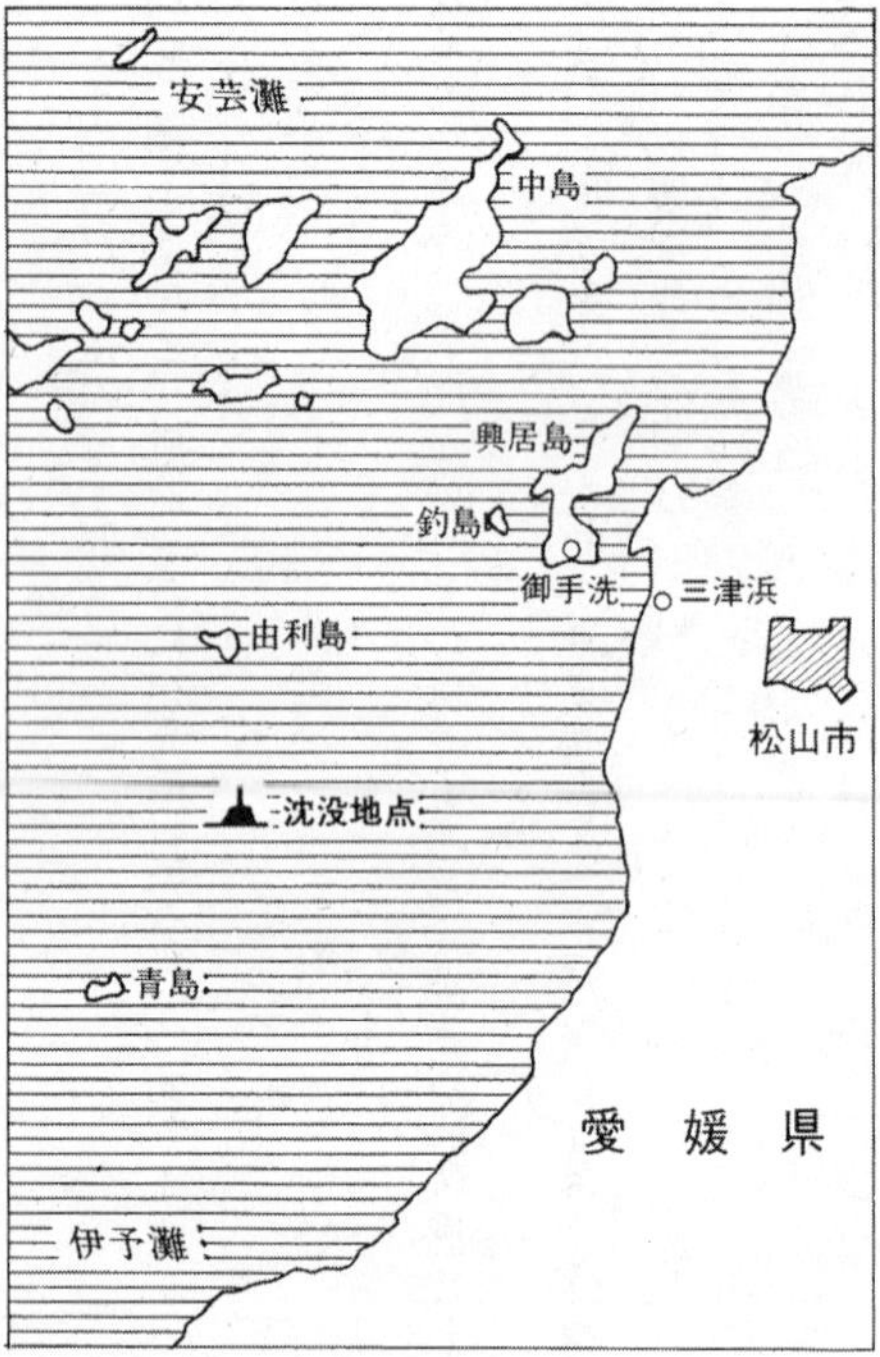

小西　下からです。かすかに……。

吉村　シャーという音ですか。

小西　シャーまでいかないんです。それ以外は全然音がしないんですよ。だから他の連中が生きているもンやら、死んだもンやら全然わからない。司令塔の内部におるものだけですから、十人ぐらいおったんですが。

吉村　小西さんは、どんなことを思っていらっしゃったんですか。

小西　過ぎ去ったことを思い出しておりましたね。

吉村　たとえば、どんなこと。

小西　子供時代のことなんかね。ちょっと思い出せませんけどね。友達と遊んだことやら、兵学校時代の思い出とか、そういうことが思い出されて……。

吉村　遺書を書くなんて気はまだなかったのですね。

小西　全然ありませんでした。

吉村　それからどうなりました?

小西　しばらくして艦長が、このままおっても全滅だ。しかし、艦外脱出すれば、万が一助かる可能性がある。助かった場合には事故報告するように——と。

吉村　艦長は脱出する気は……。

小西　全然ありません。艦長は、「脱出せよ、私は残る」と言っていました。それで、ハッチを押し上げて開けようとしたのですが、水圧が強くて押し上げられないんですよ。

そのため、しばらく艦内の気圧の上がるのをもうちょっと待とう、ということになりました。

吉村 相当苦しくなるんじゃないですか。

小西 耳がカーッとして、いてもたってもいられん感じですね。

吉村 耳が痛いんですね。

小西 私たちのいた司令塔の位置が、水深二〇メートルぐらいの所でしたから、気圧が高く、耳が痛くて、いてもたってもいられない。いわゆる不安感とか恐怖感とかそういうものでなしに、とにかく耳が痛くてたまらない、という感じでしたね。

吉村 司令塔からの脱出時の模様は？

小西 司令塔の上部にハッチがあって、それをようやく押し上げることができましてね。艦長にお別れの敬礼をしてから深呼吸をして飛び出しましたら、艦橋の上の天蓋に頭をゴツンとぶつけました。それから甲板の手すりを伝わって、もがきながら上がったんです。

いつの間にか海面

吉村 その間、息が苦しかったでしょう。

小西 それは、もう。とにかく艦からは出たんだから、浮かび上がらねばという気持で……。だんだん明るくなって、海面に出ました。梅雨どきでしたが天気は良く、遠く島が見えました。

吉村　小西さんは、何番目に出たのですか。

小西　下士官が二人、一番最初にハッチを押し開けて出ていき、私は五、六番目だと思います。

吉村　海上に出たのは何人でした？

小西　七、八人でした。

吉村　艦から水面に躍り出るまでに、力尽きた人もいたわけですね。

小西　たぶん、そうだと思います。事故後、潜水夫が入った時、艦橋の天蓋にひっかかって死んでおった人を発見していますから……。

吉村　それから泳いだんですね。

小西　そうなのですが、士官は私と航海長だけで、一緒に泳いでいるうちに、いつの間にか二つのグループにだんだん離れていったんです。航海長のグループと私のグループ、岡田（賢一）一曹と私の直属の電信関係の下士官であった鬼頭（忠雄）一曹の三人。泳ぎながらみてみると、由利島と青島の間で、私は、青島より由利島のほうが近いと思ったので、由利島のほうへ泳いでいったのです。航海長のグループは、青島のほうへ向ったんだと思いますが、気がついたら私と岡田と鬼頭の三人になっていたわけです。瀬戸内海の水はちょっと冷たかったんですが、四時間ぐらいは泳いだのです。

吉村　水泳は、お上手なのですね。

小西　兵学校時代は、訓練で朝の八時から夕方の六時まで十時間は泳いでいましたから、島影が見えるのだし泳ぎつくという自信は持っていました。

吉村　兵学校で十時間も泳げる人というのは、珍しいのですか。

小西　いえ、半数以上の者は泳ぎましたよ。兵学校入ったときに全然泳げんやつでも、最初の夏が終る頃には、少なくとも六キロぐらいは泳ぐようになっていますからね。十時間遠泳というと一〇マイル、つまり約二〇キロ泳ぐんです。

吉村　泳ぎながら、岡田さんたちとどんなことを話し合っていたんですか。

小西　おぼえていません。「頑張れ」という程度だったと思います。そのうちに、通りかかった漁船に助けを求めて、船にあげてもらったんですけれども、鬼頭一曹だけは船べりに手をかけてから、ズルズルッと沈んだんです。それで、私と岡田一曹の二人で潜って引き上げて……。しかし、もう息が絶えていました。

吉村　漁師も力をかしてくれたんですね。

小西　ええ、海に飛びこんで鬼頭一曹の体を船に引っぱり上げてくれました。われわれには上まで押し上げる力など残っていなかったですから……。

吉村　航海長たちのグループも、助かったと思ったでしょうね。

小西　そうだろうと思っていましたが、全員死んでいたのです。

吉村　それから、小西さんはどうなすったんですか。

小西　その漁船で松山の三津浜に送ってもらい、三津浜から松山海軍航空隊に電話をかけました。航空隊からすぐに車で迎えに来てくれて……。

吉村　足なんか立ちましたか、ちゃんと。

小西　立ちましたね。すぐ回復しました。漁師が、温い鯛汁を食わしてくれたりしましたからね。航空隊から呉鎮へ電話して、事故発生を報告しました。その後、航空隊の内火艇で長浜沖に碇泊していた潜水母艦の長鯨まで送ってもらいましたが、長鯨の副直将校が同期生だったので、その後何かと助かりました。

査問委員会も開かれず

吉村　現場へは、また行きましたか。

小西　翌朝、捜索艦となった母艦の「長鯨」で行きました。飛行機が、油の浮いている海面を見つけたのです。夕方、暗くなりかけたときだったと思います。翌日、すぐに潜水夫を入れて、艦橋の天蓋に引掛っていたという遺体を二、三体引き揚げました。

吉村　艦内の遺体は、見つからなかったんでしょうね。

小西　見つかりませんでした。また航海長グループの人たち一体ぐらい浮かび上がりそうなものなのに、全然なしです。

吉村　そのあとは、ずっと残務整理かなんかで。

小西　そうです。潜水夫を入れた翌日、潜水艦を引き揚げようとして、呉工廠からクレーン船が来ましてね。引き揚げにかかったときに台風が来まして、それで避難してそれで終りだったんです。そのときに引き揚げていれば、まだ助かった者がいたかどうか、微妙なところでしょうね。戦後、冷凍遺体で発見された乗組員たちが助かったかもしれないし、助からなかったかもしれない。しかし、翌々日ですから、おそらくは助からなかったでしょう。そのあとはもう、沈没箇所に浮標みたいなのを置いて、そのままでした。

吉村　それから、小西さんはどうなすったんです？

小西　呉で岡田一曹と一カ月ぐらい残務整理をしましたが、私は、途中で伊号一二一潜水艦の航海長に転任になりました。一カ月半くらい乗っていて、大竹の潜水学校学生、その後、特殊潜航艇蛟竜の艇長になって終戦を迎えたのです。

吉村　事故調査の査問委員会は、開かれたのでしょうか？

小西　潜水艦は第六艦隊所属でしたが、司令官と先任参謀が、サイパン島へ行って海戦の陣頭指揮をしているうちに玉砕してしまいましてね、それで査問委員会も開かれずに……。

吉村　司令官たちがいなければ、査問委員会は開けないわけですね。

小西　それに、その頃多くの潜水艦が沈んだし、それらの混乱にとりまぎれてついに開かれずじまいでした。ただいろいろ調査はありましたけれどもね。

吉村　伊三三潜は、どんな潜水艦でした？

小西　いい潜水艦でしたよ。当時としては一番新しい……。そのあとに伊号二百潜型、即ち水中高速の潜高クラスとか、伊の四百潜型、あるいはイの一三潜型というような大きな潜水艦が出来ましたけれども、それ以前は、この型の潜水艦が最も大型の潜水艦でした。飛行機が一機積めるようになっていたんですから……。

吉村　レーダーは？

小西　ついていました。あんまり使いものにはならなかったんですけれどもね。というのは、瀬戸内海のように島がたくさんあるところでは、調整してもうまいこと入らないんです。対空レーダーと対水上と両方ありましたが、結局使えたかどうか、私にはわかりません。

吉村　事故が、最後の訓練の日に起ったとは……。

小西　翌日は、潜水戦隊の司令官の査閲が伊予灘であって、その後、一応呉に入港し、作戦命令を待つという手はずだったんです。

吉村　冷凍遺体があがったことを知った時のお気持は？

小西　驚きました。本当に驚きましたよ。私は、新聞で知ったのですが……。

吉村　前部兵員室と魚雷発射管室に水が浸入していなかったようですが、前部兵員室の近くのハッチをあけて、脱出できなかったんでしょうかね。

小西　そのハッチは二重ハッチになっていて、われわれは、脱出装置と称していました。

一人か二人、第一ハッチの中に入ってハッチを閉め、その中に注水して、それから第二のハッチを開けて出るんですが、とてもじゃないが脱出できないんです。引き揚げた時に、その中に遺体があったと聞きました。

吉村　想像ですけれども、前部兵員室で亡くなられた方は、空気の欠乏によって死んだんでしょうね。

小西　酸素がなくなるし、それと気圧が高くなってきて、それで炭酸ガスも……。

吉村　ほとんどの人が、衣服をぬいで裸になって死んでいたようですね。

小西　苦しくなって……。

吉村　縊死《いし》していた水兵がいましたね。

小西　最後まで生き残った人じゃないか、と思います。全部自分の仲間が死んで、自分は最後まで生きていて、たまらんような気持になって首吊ったんじゃないか、と私は想像しています。

吉村　その人のことは、覚えていませんか。

小西　覚えておりません。岡田（一曹）さんは知っていると思います。

吉村　艦長は、背の高い方ですか。

小西　普通です。私と大して変わらない。

吉村　ベテランの方ですか。

小西　そうです。海兵六十一期の方ですが、呂号潜水艦の艦長をやっておられて、伊号潜水艦長になられた方です。

吉村 栄転ですね。

小西 そうです、中型潜水艦から大型潜水艦に変わったんですから。

吉村 どんな性格の方ですか。

小西 おだやかないい方でした。

吉村 浸水したときは、艦内に混乱はなかったんですか。

小西 急いで出たいという気持はあったかもしれないですが、ぐずぐずしておったら脱出できませんからね。しかし、先を争うということはなかったと思います。

吉村 司令塔には、何名ぐらいいたんですか。

小西 十人までと思います。

吉村 乗組員の服装は？

小西 普通の艦内の作業服です。軍服でなしに作業服です。木綿の作業服です。それから、艦長や哨戒長はメガネを首にかけています。

吉村 メガネとは、双眼鏡のことですね。

小西 私も首にぶら下げていましたが、そのまま脱出して、しばらくして首が重いので、何でこんなに首が重いのかと思って気がついたら、メガネをかけたままでした。よくあれで上まであがることができた、と思いましたけれどもね。それから靴をぬぎ、最後には、越中褌と下着で泳いでいました。

吉村　お生まれは何年ですか。

小西　大正十四年です。

吉村　すると、私より二歳上だけなのですね。

救助された乗組員二名中の一人
岡田賢一氏の証言

岡田氏は、小西氏とともに事故当時救出された方である。

氏は、水雷学校、潜水学校の出身で、五年間も潜水艦に乗りつづけた練達の下士官で、「伊号第五三」「伊号第五七」の各潜水艦に乗った。開戦時にはイギリス東洋艦隊旗艦「プリンス・オブ・ウエールズ」戦艦「レパルス」の追尾作戦や、ミッドウエー、アリューシャン作戦にも従事、「伊号第三三潜水艦」乗組みとなり、事故に遭ったのである。

氏は、名古屋市で事業を経営していて、私は作業場に附属したお宅にうかがった。折目正しい言葉づかいをする方で、きびきびと仕事を手伝う夫人とともに、私は、尊敬すべき律義な生活人を見たように思った。

氏と夫人は、私におびただしい手紙類を見せてくれた。

それは、遺族の方々からの手紙で、氏が亡き戦友の慰霊を、生涯の仕事としておこなっていることに対する礼状であった。自分が生き、戦友が死んだということを、氏は強く意識し、後めたささえ感じている。誠実な方で、戦友の冥福を常に祈り、そうした氏の気持を夫人は十分に理解していると言うよりも、夫人は積極的に氏に協力している。

お話をきいた後、氏は名古屋駅まで私を車で送って下さった。さらに私が辞退するのに、新幹線のフォームまでついてこられ、見送って下さったことが忘れられぬ記憶として残っている。

呉の海兵団に入団

吉村　お生まれは何年ですか？

岡田　大正六年です。

吉村　海軍へは、どういう経緯で入られたのですか。

岡田　昭和十三年に、現役で入ったのです。呉の海兵団に入団し、駆逐艦の「黒潮」に乗った後、水雷学校、潜水学校へ行きました。潜水艦としては「伊号五三潜」、「伊号五七潜」、「伊号三三潜」に乗りました。開戦当時は、「伊号五三潜」に乗っていましてね、イギリスの戦艦「プリンス・オブ・ウエールズ」と「レパルス」を追いました。

　しかし、戦艦のほうが速力が早いものですから、網を張っていたんですけれど、逃げられてしまって……。

吉村　それから、「伊号五七潜」に航空隊が撃沈したんです。

岡田賢一氏

乗ったわけですね。

岡田　そうです。ミッドウエー、アリューシャンの弾薬輸送に従事しました。この時に、事故が起きましてね。潜水艦が座礁してしまったんです。後進をかけても、どうしても岩礁からはなれず、魚雷を六本、燃料七四トン、潤滑油一二トン、主蓄電池一一三基と錨など重いものはすべて捨てたのですが、それでもはなれない。秘密図書を全部陸地にあげて焼き、魚雷の頭部だけを各部屋に置いて、いつでも自爆できるようにしたのです。そして、満潮を期して離礁をはかったのですが、出ない。陸地には、敵の無線電信所がありますので、味方に電信を打つわけにもいかない。艦長が責任を負って自殺するおそれがあるというので、拳銃などは全部かくしてしまいました。で、最後に電気長が、余分の電池を全部捨てれば艦が軽くなると進言し、一、二号の電池だけを残して、すべて捨てました。それで、初めて後進いっぱいかけて出られたのです。

吉村　その悪戦苦闘は、何時間ぐらいだったのです？

岡田　一昼夜……二日ぐらいかかりました。

伊三三潜に乗る

吉村　それから、「伊号三三潜」に乗ったわけですね。

岡田　「伊号三三潜」が呉工廠で修理中に、配属になりました。

吉村　小西さんのお話ですと、今日で訓練が終るという日だったそうですね。

岡田　そうです。訓練が終り、戦場に向う予定でした。訓練の最後の日だというので、夕食用に鯛の尾頭つきを、私が買いに行ったりして……。

吉村　その日は、何時頃出航したんですか。

岡田　午前七時だったと思います。

吉村　一回、急速潜航をやったそうですね。

岡田　そうです。

予期せぬ事故

吉村　一回目の急速潜航を終り、二回目に、弁に丸太の切れはしがはさまったそうですが、なぜその時だけはさまったのでしょう。

岡田　疑問は、ごもっともです。訓練中に急速潜航は何遍もやっているのですからね。あの丸太のことですが、呉のドックにおるときに、工員が金網の中を調べるべきなのに見落としたんですね。何度か潜航しているうちに、丸太が入っていても、水の中につかっていれば沈むような状態になりますでしょう。それで、潜航を繰返しても、丸太が沈んでいるので弁にはさまることもなかったのです。ところが、その急速潜航の時には、なにかの拍子で浮き上って、運悪く弁にはさまったわけなんです。

吉村　浸水した後、艦内の電気が消えてしまって、まっ暗になった……。計器の夜光塗料がぼんやり見えていただけなんですね。

岡田　そうです。夜光塗料だけがぼんやりと……。

吉村　司令塔の下は？

岡田　発令所で、その横が機械室です。機械室には、乗組員の半数ぐらいの人間がおりました。

吉村　沈没後、司令塔と発令所の間のハッチを閉めたわけですね。

岡田　そうです。一番上に司令塔があるんですから……。閉める前に主計兵が二人ばかり下から上がってきました。主計兵は、配置があってないようなものなので……。ほかの者は全部配置についていますが……。

吉村　水が司令塔に入ってくるだろうと思って、閉めたわけですね。

岡田　いや、そういうわけではないんです。下から乗組員が、司令塔内にどんどん入ってくると困るので……。

吉村　部署を離れちゃまずいと……。また水が入ってくるのを防ぐこともあったでしょうね。

岡田　そういうことはなかったですね。主計兵が二人ばかり上がってきましたので、閉めたのです。私が一度下の状態を見に降りましたときには、水がダーッと流れていましたが……。

吉村　そのハッチを閉めちゃうということは、下の人達は溺れ死んじゃうことになりますね。

岡田　上も下もありません。司令塔は、伝声管で各部屋に指令を出すところですし、そこにたとえ配置が曖昧だとは言っても、主計兵が部署を離れて上がってきましたので、この後、下からどんどん上がってきては困るからで……。

吉村　部署を離れるからですか。

岡田　まだ沈むという段階にはなかったわけですから。全員が、最後まで浮上させることに力をつくさなくてはいけないですからね。

吉村　よくわかりました。そういう理由で閉めたのですか。ハッチを閉めてからも、下から音が聞こえましたか。

岡田　ハッチを叩く音がしました。

吉村　どんなお気持でした。

岡田　動転していました。もちろん冷静な、などという気持にはなっておりませんでした。ところが、艦長が航海長に、「開けて脱出するか」と言いますと、航海長が首を横にふりました。それで、もうこれはダメなのだなと思った時、急に気持が冷静になりましたね。

吉村　航海長は、どうして反対したのでしょう。

岡田　まだ最後の努力をすべきだと考えたのか、それとも死なばもろとも、という気持であったのか。そのいずれかだったのでしょう。それからしばらくして、艦長が、再び航海長に脱出したほうがいいと言ったのです。

吉村　再び言ったのですね。

岡田　ええ、艦長が、出ても出なくても死ぬということは同じだ、と言われました。出ていっても、助かるとはかぎりませんからね。たとえそうではあっても、とにかく助かった者があれば、遭難を報告せよという命令を下したんです。小西さんも、そう言っておられませんでしたか。

吉村　言っておられました。艦長さんは自分は出る気はないと……。

岡田　そうでした。

吉村　ハッチから海中に出たときは、苦しかったでしょう。

岡田　苦しいことも苦しかったが、体が激しく回転して、海面まで出てしまったんです。

なぜ助かった！　辛い日々

吉村　戦後、艦が引き揚げられた時、現場に行かれましたか？

岡田　私はね、引き揚げ作業が始まったことを新聞紙上で知って、現場に一カ月ぐらいおりました。家内の親戚の家が、北条というところにあったので……。

吉村　そのご親戚に、ご用でもあって行ってらしたんですか？

浮揚着手に先立ってまず仏式で慰霊祭

岡田　いえ、商用で行っていまして、新聞でそれを知りましたので……。

吉村　当時のご職業は？

岡田　そのときは、義兄からも引き揚げを知らされて、戦友の遺骨を収集できると思い、御《み》手洗《たらい》よりも一番近い三津浜にパチンコ店を持って商売を始めようと、三津浜へ行きました。

　そのうちに、引き揚げが始まりましたので、現場に一カ月ばかりいて、遺族の方々のお世話係をしておりました。母が病弱のため家のある名古屋へ帰らなくてはならんとも思いましたが、生き残った者の義務だとも考え、とどまっていました。ところが、艦が浮上しても、また沈んでしまう。その繰返しで、一度、名古屋へもどろうと思ったのです。しかし、もう少しおってもらえんだろうか、といわれましてね。

吉村　誰にいわれたんです。

岡田　引き揚げ作業をしている会社の方や新聞社の方など、いろいろな方にね。とにかく私が一番よく艦のことを知っているし、いろんな危険物もあるだろうということで、それで現場にずっとおりました。そのうちに、船の上の一番ダイバスロックで遺体が二体発見されました。

吉村　遺骨ですね。

岡田　ええ。

吉村　どんな色をしていましたか。

岡田　どす黒くなっていました。重

最初の遺骨を納棺する岡田賢一氏

いですね、頭というものは。人間の頭って、こんなに重いものか、と思いました。

吉村　誰の遺骨か分ったのですか。

岡田　分りません。でも想像するに、ダイバスロックで亡くなっているんですから、若い兵隊じゃないと思いました。

吉村　遺体はどうしました。

岡田　御手洗の海岸で茶毘《だび》にふしました。遺族の方も二、三来ておられました。

吉村　泣いておられたでしょう。

岡田　それはやっぱり肉親ですから……。私もああいう不思議なことで生き残りましたが、同じ艦内にいた戦友の遺骨は、身内の者の遺骨と同じに思いました。

吉村　岡田さんは、最初は自分が生き残ったことに、どのようなお気持をお持ちになりましたか。

岡田　なにか後めたいような気持でしたね。私は母艦の「長鯨」で残務整理をしましたが、一緒に泳いで死んだ鬼頭一曹の遺体を松山の航空隊で茶毘にふして、遺骨を潜水母艦の「長鯨」へ持って帰ったわけです。それで「長鯨」の一番船倉に祭壇を作りましたが、「長鯨」の水雷科の人から寝る場所も指示されたんですけれども、私は、やはり自分の戦友の遺骨と共にいたいと思って、祭壇の前で一緒にずっと寝ました。その当時、皆さんから、どうして艦が沈んだのだとか、どうやって生きることができたのかということを訊かれましたけれども、三月ぐらいの間は喋りたくもありませんでした。当時軍人は誰でもそうだったと思いますが、潜水艦などでは死なばもろともという気持でしたのに、どうして自分だけが助かったのかということ。それが、辛くて……。

艦の引き揚げ

吉村　艦の引き揚げの時のことをお話し下さい。

岡田　引き揚げ作業が始まりました時、小西（愛明・当時少尉）さんが、最初に旧乗組員だということを大阪毎日新聞社が知りましてね。私は、騒がれるのが好きなほうじゃないので、慰霊祭にだけは行こうと思って、作業を指揮している又場（常夫・北星船舶工業株式会社社長）さんの事務所の人に、「慰霊祭はいつですか」とおたずねしたんです。そのときはまだ、私が生き残りだということは知られていなかったのです。ところが、どこでどう調べたのか、「中国新聞」や「愛媛新聞」の記者たちが、小西さん以外にもう一人生き残りの人がおるということで、こちらへ問い合せがあったらしく、それでわかってしまったのです。その頃、盲腸炎の手術をした後で、それからは毎日のように新聞に書かれて……。

吉村　それから、どうなさいました？

岡田　とにかく全部の遺体が揚がるまでおってくれ、という話だったんですが、私も、それにかかりきりになっておるわけにもゆかないので、いったん名古屋に帰りますからと言い、遺体が揚がったらいつでもとんで来ますから電報でも何でも打って下さい、と言って帰ったんです。

吉村　そうすると、冷凍遺体は見ていないんですね。

岡田　見ておりません。私が名古屋へ帰って、しばらくしてから艦が揚がりましたので。

吉村　それでまた、現場へ行かれたんですか。

岡田　いえ、通知もなにもなかったので……。しかし、艦が完全浮揚して遺体の処理が一段落してから行きました。

吉村　艦内で縊死していた人がおられますね。あの方は、個人的に知っていましたか。

岡田　H水長（氏名を秘す——吉村）だと思います。

吉村　体の大きな方ですね。

岡田　そうです。

その遺体を扱った作業員が、体の大きな水兵だったと言っていました。

私は、自分が寝泊りするところが前部発射管室でしたから、前部兵員室におった者はよく分っております。

吉村　魚雷発射管室と兵員室は、並んでいるのですね。

岡田　ええ、つながっています。

吉村　縊死していた方は、どんな性格の人ですか。気の強い方ですか。

岡田　気の強いというよりも、どっちかというと朗らかなほうですね。

吉村 陽気な人ですか。小西さんと岡田さんを救ってくれた漁船の人は、わかっているんですか。

岡田 分らなかったんですけれど、艦の引き揚げのときに、新聞社の方に、「当時助けて頂いた人に会いたい」と言ったんですよ。それが新聞に載りましたら、名乗り出られたんです。高橋貞義さんという方で、会って御礼を申し上げました。

吉村 会ったらこの人だとわかりましたか？

岡田 すぐわかりました。不思議なことに、私の家内の実家のある所の人でしてね。因縁ですね。それで私は四国へ行くたびに、その家にお訪ねしております。

吉村 小西さんにききましたが、船に助けあげられた時、鯛の吸い物を作ってくれたそうですね。

岡田 そうです。鯛のねェ。その方におききしましたら、ちょうど船が故障して停っていたんだそうです。私たちはそんなことは知りませんでしたが……。高橋さんの話によると「オーイ」という声が聞こえたのでみてみると、海面に西瓜のような頭がプカプカ浮いていたんだそうです。船が故障していなかったら、ポンポン船ですからエンジンの音で声がきこえず、気づかなかっただろうと……。

吉村 鬼頭さんは、絶命してしまったわけですね。

岡田 鬼頭一曹を船に引き揚げた時、漁師が、もう肛門が開いているからダメだ、と言ったことを記憶しています。

吉村 小西さんは、十時間ぐらい泳いでも平気な訓練をしたと言っていましたが、岡田さんがよくついてきたと感心していました。

岡田 私も、半日ぐらい泳ぐ自信はありました。

吉村 海軍へ入ってから泳ぎがうまくなったのですか。

岡田 いえ、入る前から泳ぎは得意でした。

吉村 初めは一緒に泳いでいたのが、二手に別れたのだそうですね。

岡田 そうです。艦から脱出して海面におどり出た時には、それぞれ一〇〇メートルぐらい離れていました。同じ所には浮き上がらないで。

吉村 潮流の関係でしょうか。

岡田 その通りです。

吉村 三人が集まったわけですね。

岡田 そうです。それから、由利島が一番近いというので泳ぎ出したのです。

吉村 よくそんなに長い間泳いでいられましたね。

岡田 艦を引き揚げた北星船舶の又場社長にお会いしたときに言われたんですが、由利島までは絶対に泳ぎつけんと……。潮流がものすごく速いところですから……。

自衛艦も慰霊祭に出動

吉村 遺族の方は、本当にお気の毒ですね。

岡田 私は、終戦当時、遺族の家に行けるところはほとんど行きました。言ってみれば、死んだ戦友は一家の柱であった人たちですから、遺族の方も大変ですよ。慰霊祭のことは、小西さんからお聞きになりましたか。

吉村 いいえ。

岡田 二十三回忌のとき、小西さんと私の二人で慰霊祭をやりました。

吉村 現地で？

岡田 そうです。遺族の方々を少しでもお慰めできればと思いましてね。遺族の方々が全国から五十名ほど、そのほかに百名ばかりの人々が集まって下さいました。

吉村 いいことをなさいましたね。

岡田 はい、喜んで下さいました。ほとんどの方は、個人が慰霊祭をやったとは思わなかったわけですよ。県か何かが主体になっているのだと……。小西さんの働きかけで、自衛艦も二隻出てくれて盛大に催すことができました。

吉村 沈没海面に行ったのですね。

岡田 遺族の方々が花束を投げましてね。その夜は、道後温泉に泊って頂きました。私の家内が、これだけは絶対にやりなさい、とやかましく言ってくれましてね。準備に半年ぐらいはかかりました。初めに小西さんに呼びかけまして、とにかくどうしても慰霊祭だけはやろうと、遅くなると死んだ戦友の親ごさんも亡くなってしまいますからね。家内の親戚が四国に多いものですから、当日の受付から何から全部やってもらえました。それでやれました。兄弟が、一所懸命やってくれましたから。

興居島海岸の伊33潜水艦殉職者慰霊碑

吉村　費用は？

岡田　旅館の費用は、私が出しました。

吉村　随分、お金がかかりましたでしょう。

岡田　ええ、まあ。バスを無料で提供して下さった人もいます。小西さんと私で、花など全部用意しましてね。まあ一生のうちで戦友の慰霊祭だけは自分の役目だと思って、いつも念頭においていましたから……。

冷凍の死体

吉村 冷凍死体の写真を見ましたとき、どんな感じがしましたか。

岡田 もう本当に、こんな姿になったかと思って、なんともいえない気持でした。本当に苦しかったろうと思うと、たまらない気持で……。

吉村 脱出する前は、耳が痛くなったでしょう。

岡田 気圧が高くなりますからね。耳がワーンとして、近くで何か喋っても遠くにしか聞こえないという状態ですね。

吉村 どんなことを考えていました？

岡田 短い生涯だったな、と思ったりしました。

吉村 艦長は、がっかりしていたでしょうね。

岡田 そうだと思います。艦長も、ああいった艦の沈み方ですからね、操作の過ちで沈んだのですから……。まさか丸太の切れはしがひっかかっていたなどということは、全然考えてもみないことですから。脱出することになったのは、水が入ってきてどうにも処置のとりようがないということで、艦長が命令をくだしたわけです。

吉村 救助されてから、どうなさったんですか。

岡田 小西さんと、すぐ松山航空隊へ行きました。それから「長鯨」に乗って現場へ行きました。

機密保持

吉村 機密保持ということで、沈没したことを絶対口外しちゃいかんといわれたりしましたか？

岡田 もちろんです。死んだ戦友のもとに肉親などから手紙など来ても、全部回収し、返事も出さない。ですから、遺族の方は、どうしたんだろうと思ったでしょうね、返事が来ないのですから……。

一番困ったのは、死んだ横井兵曹の奥さんがうちの近所にいたことでした。私は帰っているのに横井兵曹は帰ってこない。事故のことは決して口外してはならぬ、と命じられていましたので、あなたの御主人は殉職しましたと言うわけにはゆきませんしね。横井兵曹の奥さんは私の家内とも親しく、本当のことを話してくれと泣きつかれて……。最後には話しました。隠し通せるものじゃないですしね。私は呉に住んでいましたが、潜水艦が沈んで二人助かっただけだということが、呉工廠の工員の口から流れていたんです。

吉村 岡田さん御自身は、事故のことを奥さんに話しましたか。

岡田　いえ、いえ。一月余り私が残務整理で家に帰らないので、家内も私が死んだらしいと思って四国へ帰ろうとしておったのです。

吉村　奥さんが死んだと思ったというのは、事故の噂が流れていたからですか。

岡田　そうです。呉は軍港地ですから、いろんな話が、だれかの口から流れてしまうんですね。

吉村　事実というものは、いくらかくそうとしても洩れてしまうものなんですね。

終戦後、同潜水艦の浮揚を成功させた技師

又場常夫氏の証言

又場氏は、「伊号第三三潜水艦」を完全浮揚させた北星船舶工業株式会社の経営者である。戦時中、呉海軍工廠に勤務し、沈没した艦船の浮揚工作の第一人者であった。戦後も、多くの沈船の浮揚をおこなった。

私は、数度、又場氏に会っているが、戦後の浮揚作業では、「伊号第三三潜水艦」の浮揚成功が最も印象探いという。

氏は、会社で私に回顧談をしながらも、事務所にかかってくる電話にしばしば出る。私には標準語で話をしているのに、電話に出ると、広島弁になる。それが、今でも印象に残っている。

引き揚げ工作の第一人者

吉村　又場さんは、戦時中、沈んだ船の引き揚げ工作の部門では、右に出る者のいない技師だといわれていたそうですが、そういう仕事に関係するようになったきっかけは、なんですか。

又場　少年時代に呉海軍工廠に入りましてね。十九歳の時でした。大正十二年のことで、「伊号第七〇潜水艦」というフネの引き揚げに従事したのが最初だったんですよ。

吉村　その潜水艦は、どこで沈んだんですか。

又場　淡路島の仮屋沖です。

吉村　水深は何メートルだったんですか？

又場　五五メートルでした。公試運転中に沈んだんですよ。

吉村　引き揚げは、順調にいったんですか。

又場　いいえ、難作業でしたね。手押ポンプを使って潜水夫がもぐるんですよ。それも深海へもぐるものだから、二十名ほどの潜水員が潜水病にやられましてね。死人も出ましたよ。

吉村　一人ですか。

又場　いや、四人。

吉村　それは大変でしたね。
又場　その時、沈船引き揚げというのは、むずかしいものだ、とつくづく思いましたよ。当時、造船所に山形さんという技師がいましてね、その人に命じられて作業日誌をつけたり、作業のやり方など徹底的に教えこまれたわけです。その後、沈んだ艦の引き揚げをつづけて、いつの間にかそれが専門になった。
吉村　戦時中に、一番大きな作業だったのは、なんの引き揚げだったんですか？

又場常夫氏

伊六三潜の引き揚げ

又場　いろいろ思い出はありますがね、やはり伊の六三（伊号第六三潜水艦）ですね。
吉村　それは、どこで沈んだんですか。
又場　豊後水道ですよ。伊の六三が夜間訓練をしていて、海面に浮上したんです。艦首と艦尾に灯をともしたところ、それを漁船の灯と見あやまって、その灯と灯の間を伊の六〇（伊号第六〇潜水艦）が通過しようとして激突したんです。

吉村　水深は？

又場　九三メートルなんですよ。そんなに深い海に沈んだ船を引き揚げた例は、世界になかったんですが、大変な苦労の末、一年後に引き揚げることに成功したんです。

吉村　そのような戦時中の経験を生かして、終戦後、サルベージ会社を興したわけですね。

又場　そうなんです。私は、沈船引き揚げのことしか知りませんからね。

吉村　終戦後、どんなフネを引き揚げました？

又場　ここに記録がありますが、初めは昭和二十三年に呉港の三ツ子島で「天城」。

吉村　空母ですね。

又場　そうです。排水量二二、〇〇〇トン。その後、巡洋艦「利根」「大淀」、潜水艦の「伊号第一七九潜水艦」「呂号第一三潜水艦」「呂号第三五一潜水艦」「伊号第五一潜水艦」などですね。それから戦艦の「伊勢」「日向」の排水も引受けました。

吉村　多くのフネを引き揚げているんですね。フネを引き揚げて、スクラップにして売ったんでしょうが、採算はとれたんですか。

又場　終戦後は物資がなくなっていて、殊に金属は貴重でしたから、作業費を差引いてもかなりの利益があがりました。しかし、物資がゆたかになってきてからは、そんなわけにはゆきませんでしたが……。当時、国では沈船の引き揚げを奨励し、サルベージ会社もたくさんできたんです。

伊三三潜の引き揚げ

吉村　それで、「伊号第三三潜」の引き揚げもやったんですね。
又場　それがですね。伊の三三潜には、どのサルベージ会社も手を出さなかったんですよ。
吉村　なぜです。
又場　水深が六〇メートルですもの。もっと浅い所に沈んだフネがたくさんあって、それらを引き揚げた方が費用はかからない。
吉村　それはそうですね。
又場　それに、伊の三三潜が沈んでいる所は、潮の流れも速い。作業がむずかしいんです。
吉村　それなのに、なぜ引き揚げる気になられたんですか。
又場　因縁です。私、伊の三三潜が訓練中沈んだ時、つまり昭和十九年ですね。呉工廠からすぐに沈没位置に派遣されたんですよ。しかし、戦局が極度に悪化し、工廠では艦の修理などに追われていたので、沈んだ艦を引き揚げるような悠長なことができなくなっていた。それで中止したんです。それが悔いになって残っていたことと、私の部下に

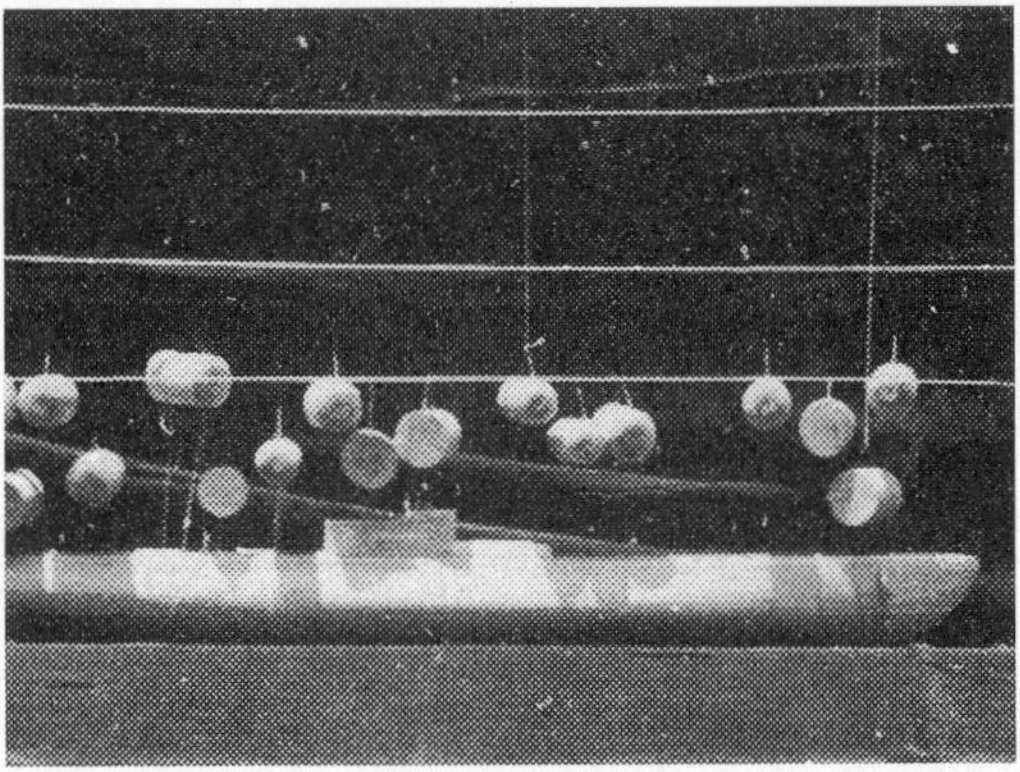
引き揚げ計画模型

佐伯という工長がいて、その娘の婿が、伊の三三潜の乗組員・浅野光一上機曹でしたが、出航前艤装が終ったとき、もし事故があったら必ず引き揚げて下さい、と言い遺して死んだ。それで私は、どうしても、これを引き揚げたいと思ったんですよ。私の手もとには、伊の三三潜の資料も豊富にありましたし……。

吉村　それで引き揚げる気になったわけですか。

又場　それには、まず国の許可を得んならんでしょう。沈んだ艦船は、国有財産ですからね。今申したような因縁があるんで、「やろう」ということになって、大蔵省の中国地方財務局へ申請を出したんです。ところが、私の所へは払下げしてもらえなかった。

吉村　どうしてですか。

又場　私の所の書類の提出がおくれたんです。その間に他の業者に払下げてしまった。しかし、諦めきれんで、その業者に交渉し、権利を譲ってもらった。つまり買い取った。

吉村　どういう業者から譲り受けたんですか。

又場　スクラップのブローカーですよ。当時はともかく交渉のうまい者がおりましてね、権利を素早くとったんですね。その人の名前は忘れましたが……。

吉村　いくらぐらいで譲ってもらったんですか。

又場　三百五、六十万円だったと思います。

吉村　結局、引き揚げて採算はとれたんですか。

又場　引き揚げ費用が、三千五百万円ぐらいかかりました。それで、ちょっと事情がありましてね、それをある商社へそのまま売ったんです。商社は一億円近く利益をあげた、とききました。

伊33潜引き揚げ前

沈没位置の確認

吉村　作業は困難だったわけですね。
又場　まず最初に、沈没位置を確認するのに苦労しました。沈没した直後、工廠で浮標をつけていたんですが、終戦後かなりの年数もたっているんですから、もちろんそんなものはなくなっている。それで、当時の記憶をたよりに二艘の舟に錘《おもり》をつけたロープをむすびつけて、それを海中に垂らして走らせたんです。
吉村　一艘の舟では、だめなんですか。
又場　二艘でなければだめです。もしも、錘のついたロープが、海底で潜水艦にひっかかると、平行して走っていた二艘の舟が、ロープに強くひっぱられて互いに近づくでしょう。それで、海底になにかがあるとわかるんですよ。
吉村　たしかにそうですね。ところが、ロープにはなにもかからない？
又場　その通りです。ここと思う海底を四日間さぐったが、とうとうわからなかった。
吉村　それで、どうしました。
又場　夜、考えましてね。必ずどこかに沈んでいるはずなのだ、と思って……。ふと、そのあたりの海のことをよく知っている漁師にきいたら、なにかわかるかも知れない、と思ったんです。そのあたりでは、延縄《はえなわ》漁やタコ漁がさかんにおこなわれていましたのでね。それで、翌日、そのあたりを漁区にしている由利島に行って、漁師たちの間をきいてまわったんです。

吉村　わかったんですか？

又場　私が海図をひろげて、ここらあたりなのだが……と言いましたら、七十歳少しの漁師がですね、その附近のある所に釣糸をおろすと、糸がなにかにひっかかって切れてしまう。網も切れる。

伊33潜の前部が浮揚して海面に姿を現わした時

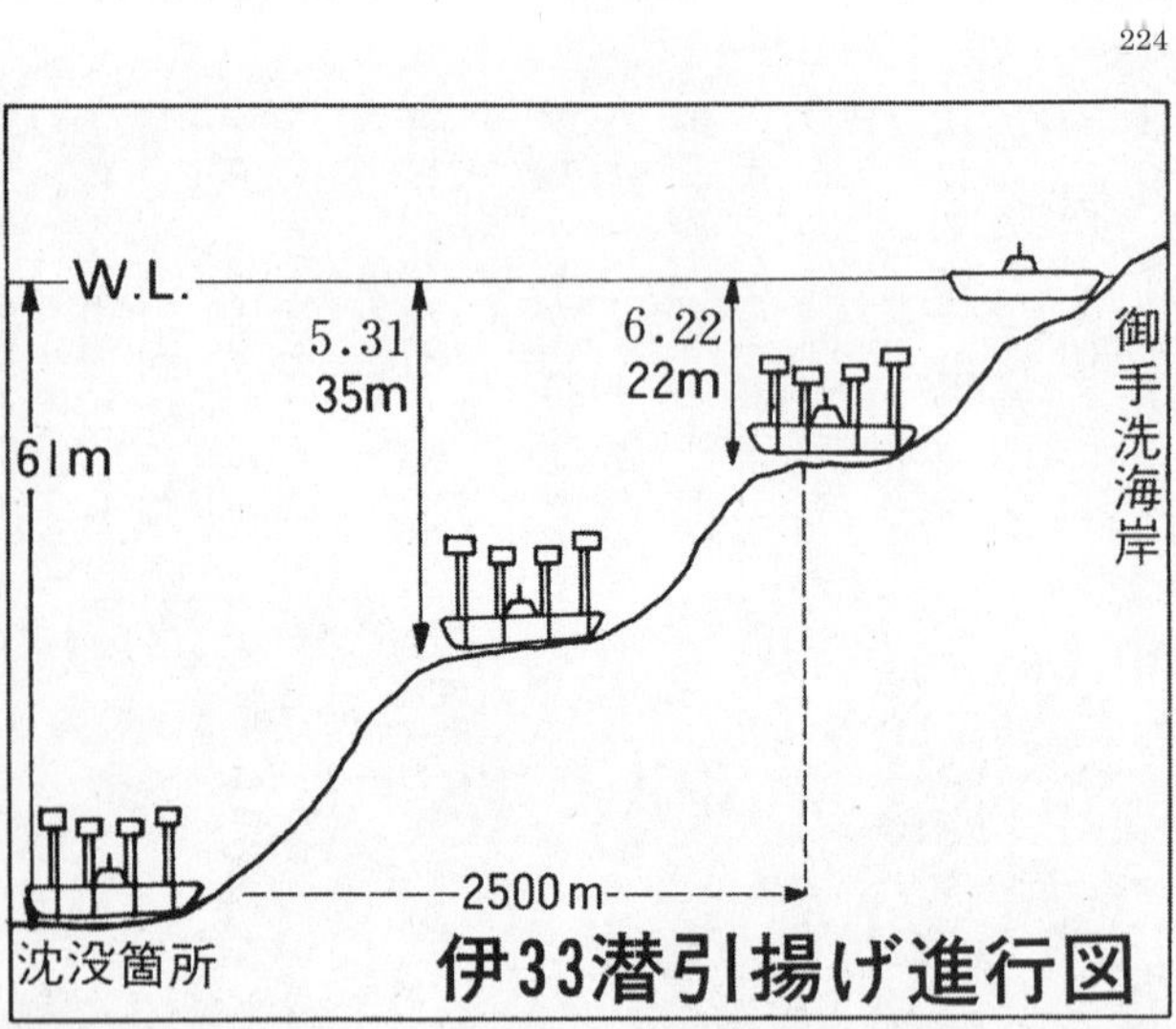

そういうわけで、その部分を避けて漁をしていると言うんですよ。それで、その漁師を舟に乗せましてね、釣糸や網の切れる場所を案内してもらいました。

漁師は、近くの島の様子などを見てから、「このあたりだ」と、はっきり言ったんです。それで、二艘の舟に錘をたらしたロープを引かせて走らせましたらね、何度か往復させているうちに、ロープになにかひっかかって、舟が互いに近づいたんですよ。

吉村 しかし、潜水艦かどうかはわからないでしょう？

又場 いえ、長年の勘で、伊の三三潜が海底にいるな、と思いました。

吉村 そんなものですかね。

又場 それで、その漁師に謝礼を渡して、会社にすぐにもどって伊の三三潜を引き揚げる準備にとりかかりました。
吉村　水深は？
又場　六一メートルです。
吉村　大変な深さですね。
又場　そういうことになりますね。引き揚げに成功すれば、伊の六三潜の九三メートルにつぐ世界第二の記録になる。

伊33潜の艦橋前面

吉村　世界第二の水深ですか。
又場　そうです。ところで引き揚げ作業ですが、もし艦を海底で解体して引き揚げるなら、作業はそれほどむずかしくない。ところが、艦の中には魚雷と砲弾があることがはっきりしている。もし解体でもすれば、それが大爆発を起すおそれがある。そうした危険があったので、そのままの形で浮上させせなければならなかったのです。

吉村　大作業ですね。

又場　ここに記録がありますが、四月九日の朝に会社のある呉を出発したんです。

吉村　どのような陣容だったんですか。

又場　潜水夫、作業員あわせて三十七名。クレーン船などの作業船を三隻そろえ、さらに艦を浮揚させるのに使う大きなタンク二十個。それで、伊の三三潜が沈んでいる位置に近い青島に、現場事務所つまり根拠地を置いたんです。

引き揚げ作業

吉村　作業の順序は？

又場　まず、潜水夫を入れました。

吉村　深い海ですから、潜水病で死ぬおそれもありますんでしょう？

又場　そうなんです。それで、途中、潜水夫は長い間休んで体が水圧になじむようにしながら、上がってくる。休む時間は、平均一時間三十分でしたね。

吉村　まちがいなく、伊の三三潜が沈んでいたんですか。

又場　沈んでいました。それで艦首、中央の艦橋附近と艦尾の三カ所に浮標をつけさせ、艦首と艦尾との浮標の距離をはかったら、約一〇〇メートル。伊の三三潜の全長は一〇八・七メートルで、それは全長通りでした。

ついに完全浮揚に成功。興居島海岸

吉村 それから、どうしました？

又場 タンクをとりつけて浮揚作業をはじめましたよ。

吉村 タンクをどのように使うんですか？

又場 十八個のタンクをつけたロープを、伊の三三潜にむすびつける。そのタンクを水面下一〇メートルと二〇メートルの位置にわけて置く。

吉村 タンクの大きさは？

又場 直径四メートル、長さ一〇メートルで、一〇〇トンタンクですよ。その中に空気を注入する。すると水面下一〇メートルのタンクに浮力がついて、徐々に浮きあがり、バーッと海面に浮かび出る。ということは、タンクのついたロープで、伊の三三潜が海底から一〇メートル浮き上がったことになる。

吉村　吊り上げられるような格好に、ですね。

又場　そう、そう。その吊り上げられた伊の三三潜をもっと浅い所にひっぱってゆく。

吉村　どのような方法でひっぱってゆくんですか？

又場　伊の三三潜にロープをつけ、曳き船でひいてゆく。

吉村　吊り上げられたままで……。

又場　そう、そう。それで一〇メートル浅い海底にズズーッとつける。

吉村　うまい方法ですね。それで、またタンクをつけて一〇メートル吊り上げる。

又場　その通り。そのようにして、一〇メートルずつ浅い所へ浅い所へとひっぱっていって、最後に松山市に近い興居《ごご》島の島かげの入江に引き入れた。

吉村　そこの水深は？

又場　約一〇メートル、波もなく作業がしやすい。そこで、今度は伊の三三潜の腹に平均にタンクを抱かせて、空気を送った。それで艦が水平に浮き上がってくるはずなんですが、舳の方が突き出て、艦尾は沈んだままなんですよ。何度くり返しても同じでしてね。

吉村　艦首だけが、水面に突き出るんですか？

又場　そうなんです。潜望鏡も出ましたよ。レンズが光っていましてね。ばかにきれいでね。九年も海の中にあったとは思えぬほど光っていましたよ。それはともかく、頭は軽くあがるのに、尻は重くて浮いてこない。「どうも、これは変じゃ」と気がついた。それで、あらためて頭と尻の重量をにらみ合わせて、重心を計算してみた。そうすると、重心点が艦尾のほうに寄っていることがわかったわけですね。

吉村 最初の重心点と、何メートルぐらい違っていたんですか。

又場 約七、八メートル艦尾の方にありました。

吉村 なぜ、重心点がずれているんだと思いました？

又場 艦内は浸水しているが、艦首の部分だけは水が入っていない。それで、艦首に浮力が働いて、水面の上に突き出るのだということですよ。

吉村 その水が入っていないと推定した部分は、どこですか。

又場 艦首には、魚雷を発射する管のもうけられた部屋がある。それにつづいて水兵の寝泊りする兵員室がある。つまり魚雷発射管室と兵員室が一つの区劃になっていて、そこに水が入っていない。もし水が入っていれば、二五〇トンの水なんです。

浮上を待ちわびる遺族

吉村 それで、どうなさいました？

又場 潜望鏡が出ましたので、私が祭主になって慰霊祭をしました。愛媛県知事も来てくれましてね。それから作業を再開しました。こんどは艦尾の方に多くタンクを抱かせて……。しかし、水平にはなかなか完全にゆかない。それを新聞が、〝再び沈む〟とかなんとか面白おかしく記事にする。こういう作業状況を新聞やラジオで盛んに報道するもんじゃから、遺族の方たちが、「きょうか……明日か」と待ち焦れるわけです、遺骨のあがるのをね。

吉村　何人ぐらい来ていましたか。

又場　七、八人ぐらいずつの遺族の方が、替る替る来て近くの宿屋に泊りこむわけですよ。〝今度は、確実に船が浮きあがる〟などと新聞が書くもんじゃから、遺族の方が駈けつけてくる。私は、浮揚というものはそんなに簡単なものじゃないからと言って、記者たちに新聞に書いてくれるな、と頼むんじゃけれども、新聞社が競争で書くんですよ。記者やカメラマンが現場に舟でやってくるでしょう。それだから、「松山の舟は記者たちを乗せるので忙しく、大儲けした」という噂も流れたりしました。（笑）

そのうちに、艦尾を浮かす準備をし、やっとメドがつきましてね。日が暮れたので、作業をやめさせ、私は宿へ帰ったんです。そうしたら、夜中の干潮時に、知らん間に艦がしっかり浮いてしまって……。

吉村　自然に完全浮揚してしまったんですか。

又場　十分に浮かせる準備が出来ていたものですから、浮いてしもうてね。

吉村　その場に、又場さんはいらっしゃらなかったんですね。

又場　そう、そう。私は松山市の旅館におった。その旅館に、深夜、作業員から、「船が浮いた！」と言ってきたんですよ。

吉村 電話がかかってきたんですか。

又場 ええ。それで、翌朝早く現場へ行ったんです。たしかにしっかりと全部が浮上していました。ところが、早くも新聞社の記者たちが来ていましてね。その中の一人が、甲板のハッチを開けて内部に入り、写真を撮っているんです。

フネの内部に入るということは、非常に危険なんです。伊の三三潜の場合、幸いにも内部にガスが発生しておらんかったからよかったが、もし発生していたら、大変なことになっていたんです。ともかく、記者が内部に入ってもどうということはなさそうだし、これは悪性のガスがない証拠だと考え、一応ハッチを開けて中を点検しようと思って、途中まで降りたんです。

ところが非常な悪臭で、すぐに甲板へ上がったんですが、どうもそれから足がだるうて、頭が重い。私は、作業員にハッチをしめさせて、「これからは絶対中へ入っちゃいかん」と命じました。気分がさらに悪くなったんで、旅館へ帰って五日間ぐらい寝こみましたよ。

遺体の収容

吉村 水が浸入していない区劃に、遺体があることはききましたか。

又場　中に入った新聞記者からききました、写真をとったことも……。それで遺体を収容することになったが、私は、その前に十分内部の換気をするよう命じました。現場の者たちは、ハッチを開けて、空気の入れかえをし、さらに次の日も換気をさせて、翌日、遺体を出すことになった。しかし、ガスでやられるかも知れんし、遺体を出すのも気味悪いしで、だれも中に入りたがりませんわ。そのうちに、元気のいい若い者が中へ入って遺体を出し、それから換気するという具合でね、三日ぐらいかけて出したですかな。私も、その頃には気分も直って現場で指揮をとっていましたが、「もう遺体はない」という報告をうけたんです。ところが、夜、旅館に帰って眠りましたら、夢を見たんです、まだ次々に遺体が出てくる夢を……。「おかしいなあ」と思って、翌日また現場へ行って換気をさせ、中を調べてみたら、浸水部分とかその他の奥の方にまだ残ってました。

吉村　浸水していなかった兵員室の遺体は、生きているみたいな遺体だったそうですね。

又場　そうです。それらを甲板に出して棺に入れたんですが、この時も、まだ遺体は生きているようで、変っちゃおらんでしたわ。

吉村　変ってなかったですか。

又場　服も腐っておらんし、唇なども赤い。ただ頬がちょっと白けとる。

吉村　頬が、ですか。

又場　ええ、白けたように……。ヒゲもはえていた、普通の人のように。ただ髪の毛が伸びていました。普通水兵は一分刈りか二分刈りでしたでしょう、それがのびていた。

吉村　遺族の方は、どうでした?

又場　遺族には、すぐには見せなかった。名前のわかった遺体もありましたけれども、わからん遺体もある。艦内からみんなで百一体か、二体出しました。それで薄情のようだけれども、みな荼毘《だび》にふしまして、遺骨を一緒にして混ぜたんです……。骨箱に、名前のわかっていた人の遺骨を必ず入れるようにして、分けたんです。そうしませんと、名前のわかっている人はよいが、だれのものやらわからん遺骨も多いので。公平にわけるという方法をとったわけです。復員局の方の指示でした……。

吉村　復員局からも来ていたんですか。

又場　ええ、二人来ていました。「生きたままの遺体の写真は撮るな」と、言われましたので、私たちは写真を撮らなかった。

吉村　報道陣が押しかけたそうですね。

又場　読売、朝日、毎日、サンケイ、中国、愛媛、みな集まってきて、競争で取材するんです。大変な騒ぎだったですよ。

吉村　遺族の方も見えていたわけですね。

又場　遺族の方の中で、こんなことを言っていた人がいました。親が、毎晩息子の夢をみる。家の前に小さい溝があるんだそうです。その溝のところまで息子が帰ってきている。その溝をまたぎさえすればわが家へ入れるのに、息子は、この溝があるので、どうしても越えられん、という夢をのべつみよった。ところが、遺体があがってから、夢みんようになった、と言うてました。

吉村 生きているままの遺体を艦内から出した時は、担架にのせて引き揚げたんですか。

又場 いえ、抱いて揚げました。一つずつ……。

吉村 よくやりましたね。

又場 本当に、作業員たちはよくやってくれましたよ。

浮揚した艦の内部を写真撮影した新聞記者

白石鬼太郎氏の証言

私が白石氏と会い、「伊号第三三潜水艦」についての話をうかがったのは、氏の勤務していた広島市にある中国新聞社の近くの喫茶店であった。

氏は、「伊号第三三潜水艦」の未浸水区劃に入り、生きたままであるような十三体の遺体を撮影した方である。当時、中国新聞社今治支局長で、カメラを操作するのに長じていた。

氏の話は、ジャーナリストらしく明快であった。眼が時折り鋭く光り、冴えた神経の持主だな、と思った。記者であると同時にカメラマンでもあっただけに、情景についての証言は個性的であった。

近時、耳にしたところによると、氏は交通事故で亡くなられたという。惜しい人を失った、と思う。氏も、私にとって忘れがたい人である。

カメラマンを兼ねた支局長

吉村 白石さんは、いつごろから「伊号第三三潜水艦」の引き揚げがあることを耳にしたんですか。どういうようにして知ったんですか。

白石 愛媛県の松山市の郡中沖に、伊三三潜という大型潜水艦が沈んだという記録を読んだことがありましてね。そのうちに、呉のサルベージ会社が引き揚げ作業をしているが、沈没した場所が、潮流は早いし、ひどく深いので、作業が困難をきわめている。さらに、引き揚げるのに便利なように、興居島のほうへ艦を引っ張ってきて完全浮揚させるらしい、と。潮流にも影響うけない興居島の浅い入江のような所に引きこんで、完全に浮き上がらせるらしいということをきいたんです。

吉村 そのことを、白石さんはどこからきいたんですか。もっとも白石さんは、中国新聞の記者だったから耳は早いのでしょうが……。

白石 それには、こんな事情があったんです。私が中国新聞に入社したのは、終戦の翌年の昭和二十一年二月で、当時は今治支局長をしておりました。私は、中学時代からカメラが好きで、修理まではできなくても、だいたいその当時のカメラの扱いは知っていたんです。それで、支局長として記事の取材をすると同時に、写真も撮るという一人二役をしておったんです。

吉村　支局には、ほかに記者はいないんですか。

白石　単独支局でございますから……。

吉村　戦争中は、どうなさっておられたんですか。

白石　毎日新聞の地方記者をやっていましてね。それから軍隊に入って名古屋の高射砲隊に配属され、来襲するB29にむけて砲弾をうっていました。砲弾は辛うじて一万メートルの上空までしかとどかないんですが、それでも撃ち落としたことがありましたよ。

吉村　復員したのは。

白石　戦争がすんで、すぐでした。

白石鬼太郎氏

暑い夏

吉村　伊号第三三潜の引き揚げを取材した頃は、年齢は？

白石　二十六歳でした。

吉村　妻帯はしていらしたんですか。

白石　いや、独身でした。それだから、これからお話しするような無茶なことができたんでしょうね、ほんとに。いま考えたら、ゾッとしますものね。

吉村　伊三三潜の引き揚げは、昭和二十八年の七月下旬だったそうですが、その年の夏の気温は、どんな具合でした？

白石　いや、大変な暑さでしてね、炎熱というやつですよ。その中を四十日余りも毎日のように引き揚げ現場へ通いました。

吉村　暑い夏だったんですか。

白石　暑かったですよ。最初、浮揚作業をした場所は、郡中沖の海上ですから、松山市の近くにある三津浜という港から漁船をチャーターして行ったんです。伊三三潜の沈没地点まで、漁船で小一時間かかるんですよ。

吉村　お一人で乗っていったんですか。

白石　同じ中国新聞の村井（茂）氏と一緒に行きました。

吉村　村井さんは、当時、中国新聞の何をやっていらしたんですか。

白石　松山支局長です。伊三三潜の引き揚げ場所は村井さんの取材地域だったんですが、村井さんはカメラを全然やっていない。それで、私に、取材を兼ねて写真もとってもらいたい、応援して欲しい、と頼まれたわけです。

吉村　村井さんは、おいくつぐらいでしたか。

白石　そうですねェ、五十歳すぎでしょうか。村井氏は、カメラを扱えませんでしょう、それで私が写真を担当する。つまり、私は、今治支局の責任者ではあったが、松山支局に通勤して、写真の方を担当するという、いわば今治、松山の兼務という形になっていたわけです。松山というところは県庁の所在地ですから、事件なども多い。それに文芸というか、俳句のさかんな土地ですので、それに関する取材もあって写真がぜひいる。それですから、私が写真の方を担当するという、いわば兼務という形で松山にもしばしば行っていたんです。火・木・土とか、月・水・金とか、週に三回は松山支局へ行く。そのうちに、伊三三潜の引き揚げの話が出てきたんですよ。

吉村　それは、広島市に本社のある中国新聞社の方から、引き揚げの取材をするようにという指示があったんですか。

白石　本社からの情報だったと思います。伊三三潜の引き揚げの取材は、松山支局の担当で、写真をとる者がいないので、私が今治支局から応援という形で松山支局に通勤しておったわけです。

浮揚作業現場へ

吉村　それで、漁船をチャーターしては村井さんとそれに乗って、引き揚げ作業の現場に行っていたんですね。

白石　そうです。ほとんど毎日行きましたよ、引き揚げが始まってからは……。

吉村　帽子なんかかぶりましたか。

白石　そう、初めは麦わら帽をね。ところが、潮風で飛ばされてしまいますのでね、ポケットにも突っ込める登山帽をかぶるようにしましたよ。それも飛ばされて、漁師に拾ってもらったことがありました。

吉村　カメラは、何をお使いだったんですか。

白石　伊三三潜の引き揚げを取材した時には、コニカです。レンズがF2.8、50ミリのヘキサノン。フィルムはフジのSSを使いました。

吉村　もちろん白黒ですね。

白石　そうです。当時は、まだカラーがなかったものですから……。

吉村　そうすると、白石さんは、引き揚げ作業を開始した時から現場に行っていたわけですか。

白石　そうです。深い海底に艦が沈んでいるのがわかって、サルベージ会社の潜水夫がもぐるのをやりはじめた頃からです。潜りといいましょう、俗に……。それがもぐっていってロープを艦にむすびつけ、大きいドラムカンのようなタンクに連結させる。そのタンクを、何個も海中に沈めていくわけです。そこに圧搾空気を入れると、タンクが海面に浮き出てくる。つまり艦を宙吊りにするわけですね。しかし、それもうまくゆかんこともあって、空気を送ってもタンクが浮いてこない。

吉村　なぜ、浮いてこないんでしょうね。

白石　潜水艦が海底に沈んでいますが、単純に海底に沈んでいるわけではない。あのあたりは泥土でしてね、その中に深く埋れているんですよ。ですから、タンクで宙吊りにしようとしても、泥の中から艦がはなれない。それで、前へ引っぱったり後へ引っぱったりして、なだめなだめしながら、泥土からはなそうとする。少しずつこっちへ引っぱったり、あっちへ引っぱったりしましてね。そのうちに、ようやく艦が、泥土からはなれて徐々に浮いてきた。その作業の間、潜水夫は何度ももぐりましてね。いや、なかなか根気のいる仕事で、見ていても、大変だな、と思いましたよ。それから艦を浅い所、浅い所へと少しずつ引っぱっていって、興居島に持って行ったんですが、それまで持って行くのが大作業でしたよ。

取材合戦

吉村　ほかの新聞社の人たちは、来ていなかったんですか。

白石　来ておりました。だから、取材合戦ですよ。興居島に艦が引きこまれてからですが、引き揚げ作業をしていると艦の頭の方だけが浮いてくるんで、艦首の方の区劃に水が入っていないらしいことがわかってきた。それを知ったもんですから、大変な騒ぎになりましたよ。浸水していなければ、遺骨も遺品もそのまま残っている。それは、記事として大きな価値がありますものね。それで、興居島で完全浮揚作業がはじめられた頃は、各社からたくさんきていたんです。

吉村　各社と言いますと？

白石　サンケイ、毎日、朝日、読売、地元の愛媛新聞、それに共同通信。わたしどもも、雨降りの日を除いて連日行きました。まさに、つばぜり合いで、私も負けるものかと……。

体にしみついた臭い

吉村　艦の完全浮揚作業がおこなわれた頃は、どんな天候だったんですか。

白石　いわゆる真夏のカンカン照りの日がつづいていましたね。

吉村　いい天気だったんですか。

白石　空はもうまっ青。艦が海面に姿を現わしたが、いつ完全に浮くやらわからん。それを毎日見守っているわけですが、困ったのは弁当でしたね。現場ですから、食堂のような店はもちろんなく、弁当を持っていかなければならないんですよ。艦がまだ海中にあった頃には作業船に乗っていて、船長室とか機械室、操舵室あたりで弁当を食うんです。が、艦が海面に姿を現わしてからは、艦の上に乗ってそこで弁当を使う。

吉村　艦の上に移ったんですか。

白石　そうです。取材するのには、その方が便利ですからね。浮揚すると言いましても、目に見えてグングン浮くわけではありゃしません。一日に何ミリか何センチですからね、大きな艦ですから……。その艦の上で弁当を使うわけですが、弁当が腐って食えんのですよ。おかずも飯も腐る。作業船のように日かげになった部屋はないし、カンカン照りの艦の上は、フライパンのように熱くなっていて、それで腐ってしまうんですよ。これには困りました。

吉村　それは困りましたでしょう。

白石　それで、クリームやあんこの入っていない味付けパン。あれしか持っていけないいんです。水筒を持っていっても、水が湯になるんですからね。それに、日光に照りつけられっぱなしでしょう。取材が終るまでに、四回皮がむけましたよ。ものすごくなりましたよ。それと海の特異な臭い

伊33潜の潜望鏡に花束を捧げ供養

や、艦からにじみ出てくる重油の臭い、それに死臭とか艦についている海底の泥の臭いとか、そんなものがまじり合って体にしみついてしまいましてね。その体臭が、自分ではわからないんです。現場から漁船で海岸にもどり、太山寺という伊予鉄の駅まで歩いてゆく。それから電車で——道後の支局に、帰るわけですよ。そうすると、夕方ですから通勤者と海水浴客でいっぱいですよ。私が車内に入っていきますと、そのすごい異臭に近くの人がサッと鼻をおおうんですよ。席に坐っていた人も立ってよそへいくんです。私の体臭にガマンならないというわけで、それに車内は暑さもひどいですからね。だからわたしはいつも坐って帰れた。カメラを横に置いてですね。

吉村 その後、完全に浮揚したわけですが、そのことについて……。

白石 徐々に上がってくるでしょう。艦が浮揚してくる。その間、サルベージ会社の方では、艦の内部をたしかめる必要があるので、潜水夫を入れることになったんです。

吉村 艦は、きたないものですか。

白石 それはもう赤茶けてね。なにいうんですかねェ、あの小さい、ツボカズラやない……フジツボ、あんなんがいっぱいついとるんです。

吉村 艦は、錆びているんですか。

白石 もう錆びて、だいぶ海水で腐蝕されていました。甲板も所々に穴があいとった。

吉村 錆びて腐蝕しているわけですね。

白石 そうです。というのは、機械室で電池なんか使っていたわけでしょう。それがこわれてバッテリーが割れ、液が出てしまっている。それが鉄を腐蝕させていたんでしょうね。

吉村　艦が浮上してくると、そのような破れた所からも海水があふれ出る。

白石　もちろんジャー、ジャー出るわけです、破れとるとこからですね。

吉村　内部は、魚の巣になっていたんじゃないんですか。

白石　そうなんですよ。もぐった潜水夫の話によると、アコオ、タイ、メバル、チヌなんかの住みかになっとると言っていましたよ。「たくさんいる、いる」言うてね。取材中ですから魚をとったりなんかはしませんけれども、そんなこと言うてました。

吉村　そのことも記事にしましたか。

白石　しました、しました。艦内にはいろんな色の魚が群れていて、さながら水族館のような光景であると……。

吉村　それからどうなさったんですか。

白石　前部の魚雷発射管室と兵員室が、浸水していないということが確認されたわけですね。それでいよいよ完全に浮揚したということを耳にしましたので、村井氏と私が朝早くから行きました。

吉村　他社よりも早くですか。

白石　そうです。

吉村　何時ごろ出たんですか、今治支局を。

白石　そうですねェ……朝、八時半ごろに松山に着くのに一時間半はかかるから、支局を出るのが六時半ですか……。
吉村　すると七時ごろの汽車に乗った、汽車ですね。
白石　汽車です、予讃線で……。それから歩いて伊予鉄の電車で太山寺までいくわけです。そして、三津浜まで運河やなんか渡ったりして……。
吉村　歩いてですか。

完全浮揚

白石　歩いて行ってから、小さい伝馬船で対岸に渡してもらわないけないんです。当時、五銭でした。その運河を渡って、チャーターした漁船で現場へ行くんです。
吉村　現場へはどのぐらいの時間で行けたんです？
白石　先程言ったように小一時間、四十分ぐらいですね。
吉村　その日、他社の人は来ていなかったんですね。
白石　そうです、後から続々と来ましたがね。私たちが一番早かったんです。
吉村　それからのことを……。
白石　それから完全に浮上した潜水艦へ乗り移ったんです。
吉村　潜水艦の上に移るには？

白石 小さい伝馬船で行き来できるんです、近いですから……。伝馬船を横付けすれば、トントンとどこからでも上がれます。

吉村 その日、白石さんは、艦内へ入って撮影しようと考えていたんですか。

白石 そうです。一応、内部をフィルムにおさめよう。それに、最大の関心事は遺体収容ということですからね。水が浸入していない区劃に遺体は果してあるか、あるとしたら、どんな状態になっているか。それは、私たち報道陣の取材の焦点でしたね。

吉村 そうでしょうね。

白石 私たちも、いろいろ話し合っていたんですよ。艦は深い海底に沈んでいたんだから、水温も低いし、したがって艦内も冷えておる。九年の間に遺体がどんな腐り方をしているか、遺品がどんな腐蝕のし方をしているかということなど、学術的といいましょうか、そんな関心も持っていたんです。

吉村 そういう方面の専門家も来ていたんですか。

白石 いえ、来ておりません。

吉村 それからどうなさったんですか。

白石 サルベージ会社の社員が、どうするか見守っていたんですよ。ともかく艦内には十本前後の魚雷が積まれている。臨戦体制下の訓練をしていたんですからね。実戦に備えた状態で沈んだんですから、火薬もある。当然、「火気厳禁」ですよ。そのうちにサルベージ会社の作業員が、甲板のハッチをバッとあけたらすごい臭いのガスがふき出てきたんです。

吉村 どこをあけたんですか。

白石 第一ハッチです、潜水艦の。

吉村 作業員が何人ぐらいでハッチをあけたんですか。

白石 二人だったと思います。

吉村 他社の記者たちも、見守っていたんですか。

白石 そうです。潜水艦の甲板の上にいて、見ていましたよ。

吉村 作業員が、まずハッチの中に入っていったんですね。

白石 いえ、入りません。入ろうかどうしようか、ためらっていました。

吉村 ハッチのふたをあけたら、悪臭が出てきたんですね。

白石 そうです、悪臭。

吉村 どんな臭いでした？

白石 死臭というか、油の臭いというか……、もうなんともいえん臭いですよ。作業員は、「ワァーッ」といって、すぐにはなれましたよ、みんな。それに、魚雷発射管室には、魚雷がある。その魚雷が、いつ振動かなにかの刺戟で爆発するかもしれんから、サルベージ会社の人たちは慎重を期していたんです、非常に……。その場で解体するんだったらポンポン、ポンポンこわして、スクラップにすりゃあいいんですが、そんなことでもしたら、約十本の魚雷が連続的に爆発する。だから慎重、また慎重ですよ。一応、サルベージの作業員が二人であけたが、さてどうしようか、みなためろうておりました。そのとき、ぼくは、司令塔の近くにおりました村井氏に「ぼく、中へ入って撮影してきますわ」と言うて……。

艦内へ入る

吉村　村井さんは、驚いたでしょう。

白石　そうらしいです。村井氏は、「あぶないで、魚雷がようけい（たくさん）あるのに……」と言いましたので、私は、「まあ、ええで。軍隊で死んだって思えばそれまでですわい」と、まあ冗談まじりに、半ば覚悟決めて言ったんです。

吉村　そうしましたら、その作業員の人は……。

白石　制止しましたよ、「あぶない、待ってくれ」って。「あぶなくない、ええ、ええ」と言って入ろうとした。作業員が、魚雷があるから、フラッシュなんかたいたら爆発するぞ。たいちゃいかん、といわれたんです。

吉村　たしかに危険ですね。もし、爆発でもしたら作業員も記者たちもふっ飛びますね。

白石　そうなんです。それに、艦内には悪性ガスがたちこめているから入ると死ぬ、と言うんですよ。さらに作業員が、「どうなっているかわからんから待ってくれ。中には悪いガスがいっぱい入ってるんだ。ガソリン・コンプレッサーで換気するから待て。そうしないとあぶない。なにがどうなるやらわからないから、ともかく待て」と言うんですよ。それで私は、「フラッシュはたかん。それから呼吸もとめて入りゃいいんだろう」と言いましてね、作業員の制止を振り切って……。カメラはですね、潜水艦の甲板に置いて、懐中電灯だけ持ち、深呼吸を三、四回大きくして、ハッチの中に入って階段をおりたんです。

吉村　錆びていたですか、階段など……。

白石　きれいでした、浸水していないんですから……。

吉村　そうですか。

白石　きれいなんですよ。もし、水につかっていた所でしたら、海草なんかがあって階段も滑りますわね。でも、そんなことはなく階段をおり、通路をつたわって奥へずーっと入り、兵員室の入口にたどりついたんです。そこで、部屋の中を懐中電灯で、ぼく、見たんですよ。早速、撮影の手順のことを考えましてね。距離をどれぐらいにするか、撮影できる角度を四十五度と見て……。距離は、まあ一応三メートルのところに焦点を合わせたらよかろう。それで、距離は三メートルと頭へ入れた。それからフラッシュをたくとして室内の反射も考え、絞りは8あるいは11ぐらいだな、と思ったんです。そんなことを、懐中電灯で室内の情景を見まわしながら考えたんですがすぐに息苦しくなってきましたので、急いで甲板に駈け上がりましたよ。

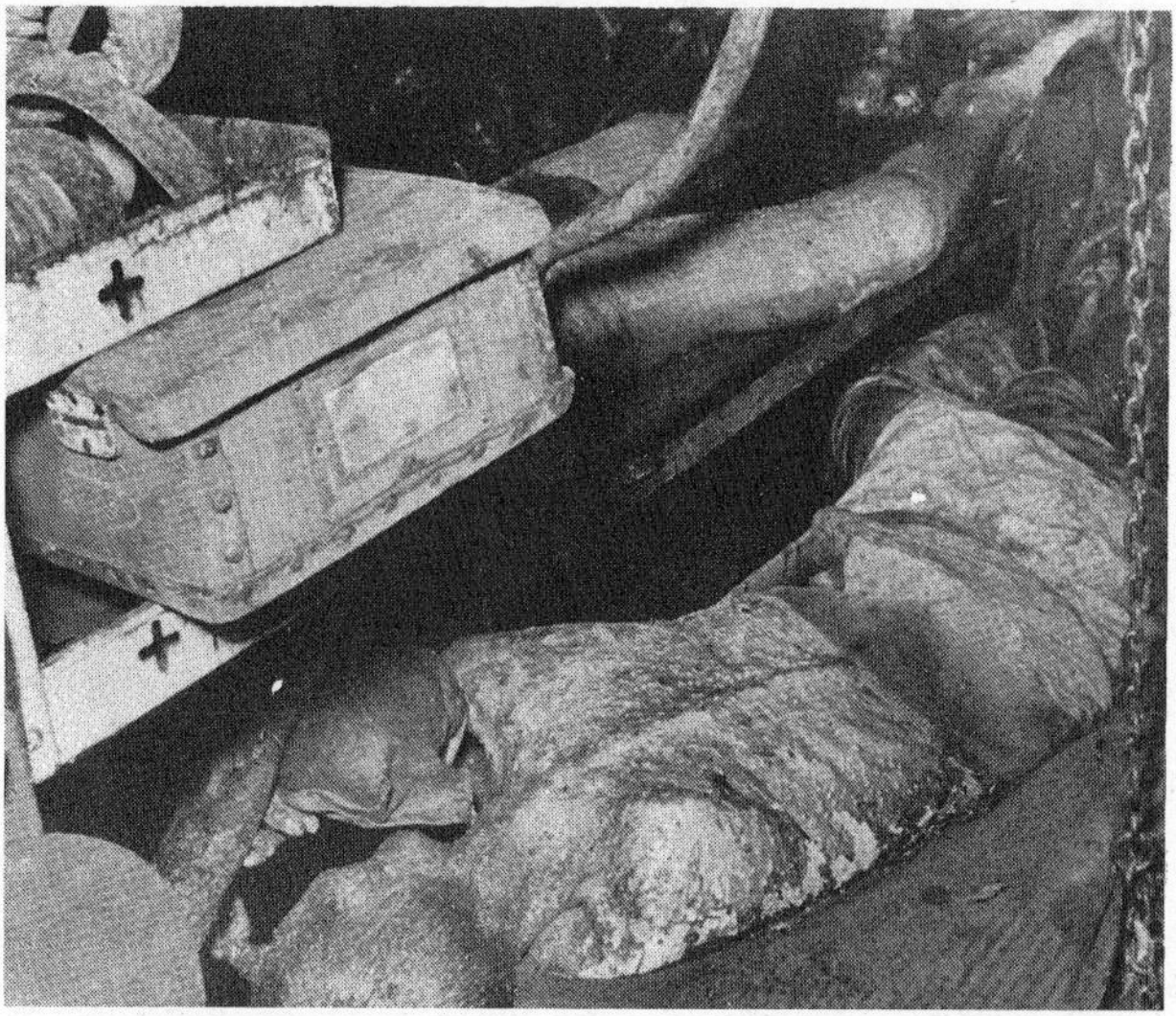

前部発射管室で防毒マスクもそのままに永遠の眠りについた乗員

折れた腕

吉村 その部屋の中に、何か見えたんですか、懐中電灯の光に……。

白石 全部、死体です。

吉村 やはり、あったんですか。どんな死体だったんですか。

白石 それはまあ、あとでお話しますが、まず撮影するということが先決だ。他社の記者たちより、一歩でも二歩でも前へ出たい。取材したい。若さと熱心さといいましょうか、そんな気持で、これはぜひとも、室内の情景を自分の手で撮らにゃいけないというので、甲板に駈け上がったんです。そして、甲板に置いてあったカメラをつかみ、ランニングとショートパンツ姿でしたので、よれよれのランニングシャツの内側に、フラッシュの球を三個入れました。

吉村　やはりフラッシュがなければ、艦内は闇ですから撮影できませんね。

白石　そうです。それでカメラの距離を三メートルにセットし、シャッター速度もセットしました。それから、フラッシュも確実につくかどうかテストして、大丈夫であることをたしかめて、それでまた大きく深呼吸して、艦内へ再び入りました。それで、兵員室の入口の所でカメラをかまえ、パッと撮った。露出は、11だったと思います。つづいてもう二枚。

吉村　呼吸をしないんで、苦しくなったでしょうね。

白石　そうです、二枚撮ったら、もう苦しくなって……。息をせんでも臭いがやっぱり少々しますわね。興奮と恐怖とでありましたよ、それは……。それでまた呼吸をするために、甲板へ上がったわけです。そして、また深呼吸して、甲板に置いてあったフラッシュの球をつかんで、ランニングシャツの内側へ入れて……。

吉村　いくつぐらい球を入れたんですか。

白石　二つ入れたんです。それで五個になるわけです。はじめに三個、その時に二個ですから……。一球は使っていなかったんですが、予備として持っていたわけです。そして、また兵員室へもどって撮りました。今度は露出を5.6か8ぐらいにして。

吉村　懐中電灯で室内を照らしながら写したんですか。

白石　そうです。懐中電灯は単一の電池三本入りのもので、それを腋の下や股にはさんだりして……。

吉村　結局、合計何枚撮ったんですか。

白石　六枚撮ったんです。三回目に入った時は、ロングで撮りました。冷静でいたつもりでしたが、真っ暗な階段を降りる途中、絞りが動いて開放に近くなり、ネガが真っ黒になっていたものも一枚ありました。その撮影中のことですが、蚕棚みたいなベッドに寝ている水兵の手が、通路にだらりと出ていて、それが撮影するのにひどくじゃまなんですよ。

吉村　眼の前に垂れているんですね。

白石　カメラの前にふさがるように垂れているんです。ファインダーをのぞくと、その手が近くにあるので仁王さんの手みたいに大きくみえましてね。それを入れたまま写すと、その手が白く画面にひろがってしまう。だから、ぼく、それを手で無意識に押しのけたんです。そうしたらその手が、肘の所からポーンと飛ぶんですよ。折れました。ちぎれたんですよ。

生きたままのような死体

吉村　びっくりしたでしょう、驚いたでしょう。

白石　驚きました。「アッ」と叫びましたよ。叫んだのでガスを自然に吸ってしまって、涙がポロポロ出る、鼻はツンツンする。気持もイライラしてきましてね。でも、私は、それに耐えて、その手を見つめ、握ってみたんです。そうしたら、ヘチマ——風呂で使いましょう、あれをギュッと絞ったような繊維質の感じでした。

吉村　もちろん血液はないんでしょうね。

白石　ありません。髪の毛が伸び、爪も伸びておりました。

吉村　髪と爪がですか。

白石　ぼくら医学的なことは知りませんが、死んでも髪と爪の組織は少しの間生きているのか、と思いましたよ。戦時中、海軍では、爪が伸びているとケガをするので、爪はきれいに切っていたはずなんですよ。

吉村　どのぐらい伸びていました。

白石　五センチ近かったです。

吉村　付け根から五センチもあるんですか。

白石　あッ、そんなに伸びてませんでした。まァ五ミリから一センチ近くだったでしょうね。

吉村　髪は？

白石　髪も伸びてましたよ。

吉村　どのぐらい伸びていました。

白石 五センチぐらいでしょう。今でこそ長髪の者もいますけど、水兵はイガグリ頭でしたからね。爪と髪以外の特徴としては、口の中の色でした。懐中電灯で口の中をのぞいて見ましたが、病気で口内炎というのがありますわね。口の中が真っ赤になって、歯茎を硝酸銀で焼かな直らんような高熱が出ます……あの口内炎みたいに真っ赤でした。

吉村 唇も、ですか。

白石 唇の色は普通ですが、口の中はカサカサです。口のまわりにもひげが伸びていました。

吉村 不精ひげのように……。

白石 そんなには長うないんですよ。剃ってから四、五日たったようなひげです。

吉村 眼はどうです。

白石 眼は、眼光炯々《けいけい》といいましょう、苦悶したような眼でした。どの遺体も口を大きくあけていましたが、おそらく、艦が沈んだ後、少しでも酸素を吸おうとして口を大きくあけ、そのまま亡くなったからでしょうね。

口を開いた顔というのは、まさしく断末魔の表情ですよね。ものすごいです、もう表現できませんよ。ものすごい形相ですよ。

吉村 遺体の皮膚の色はどうだったんですか。

白石 白いんですが、熱い湯に長く入りすぎると、指先などふやけたようになるでしょう。ああいうような状態でした。それが、ハッチをあけたので外気が入ってきたので、次第に変化しましてね。ちょうど猩紅熱で高熱とともに出てくる赤い斑紋のようなものがひろがって、それが紫色になってゆく。

秩序

吉村 ハッチに近い部分にある遺体から、順々にそうなっていったんですか。

白石 そうです。それから、魚雷発射管室で縊死していた遺体には驚きました。若い水兵の方で、体格がいい、まさに偉丈夫といった感じでした。酸素が尽きて水兵たちが次々に絶命してゆく。その中で体格のいいこの人だけが、なお生きていたんでしょう。それで皆、同僚が倒れていく、自分はなお息がある。孤独感といいますか、絶望感といいますか、そんな気持からコードよりちょっと太い鎖を梁にかけて、それで縊死したんでしょうね。

吉村 気の毒ですね。

白石 全くですよ。それから、もう一つ驚いたことは、ベッドで死んでいる人たちが、それぞれ、自分の寝るベッドで死んでいることなんですよ。苦しかったでしょうに、それなのに自分のベッドに入って死んでいる。最後の最後まで規則を守っているんですよ。全く驚きました。

吉村 一つの秩序があったわけですね。

白石　そうなんですよ。これは余談になりますが、私が、艦内に入って写真を撮っては甲板に上がってくるでしょう。新聞社名はいえませんけれども、そんな私を見ていた某社の記者が、「白石さん、中はどうなっているんだね。知りたいな」と言うんですよ。それで私が、「よし、おれが案内してやろう、写真も撮ったらいい」と言いましてね。その記者の持っているカメラの絞りとシャッター速度と距離をセットしてやりましてね、「これやったら写るから」というわけで……。

それから、かれを連れて階段をおりて行きました。足もとが危いので、懐中電灯を床にむけながら進み、兵員室の入口に立ったんです。その記者は「ブッシュマン」というカットフィルムを入れるカメラを持っていました。それで私は、「いいか」と声をかけましたら、かれは「オーケー」というわけで、それで私は、懐中電灯をパッと兵員室の内部に向けたんです。眼の前に、遺体が並んでいるでしょう。「ウワーッ」と、その記者は絶叫してカメラを落とし、バーッと甲板へ駈け上がりましたよ。それで、ぼくはまた甲板へ上がっていって、「おい、どうした。カメラを落としてきたろう。拾ってこいよ」と言いましたら、「おれは、もういい、もういい。二度と中へは入らん」というわけですよ。まァしょうがありません。ぼくはまた、カメラを拾いに中へ入った。その記者が、艦内でみたことを他社の者たちに話したもんですから、カメラマンは入らんかったですよ。

吉村　誰も入らなかったんですね。

白石　そうです。私としては、誰も撮らなかった写真を撮ったわけで、その写真を一応新聞用にはしたんですけれども、新聞の写真としては、死者の尊厳をそこなうとか、死体が読者に嫌悪の情を与えるものはいけないという倫理規定があって、使われなかったんです。

吉村　すると、カメラを持っている新聞記者で艦内に入ったのは、白石さんだけだったんですね。その写真を撮ってから、どうなさいました。

白石　支局へ帰って現像して、広島の本社へ送りましたけれども、もちろん写真は没です。

遺体を荼毘に……

吉村　艦内の遺品とか、そういうものはどうしたんですか。

白石　すべてサルベージ会社の作業員が出しました。艦内灯という、軍艦の中をコードをひっぱって移動できる電灯がある。それをぼくが艦内の撮影をすませた後、サルベージ会社の人が艦の中に入れて明りをつけたんです。つまりですね、サルベージ会社の人にとって、ぼくは実験材料みたいだったんでしょう。あの記者が入ってカメラのフラッシュをたいたんだから、おれたちが入って電灯つけてもだいじょうぶだ、というわけでね。そして、艦内で少しぐらいは呼吸をしても、まァだいじょうぶだということになったようです。それで、コードをサルベージの本船から引っ張ってきて、艦内に入れて電灯をつけたんです。一番奥の魚雷発射管室に一灯つけて、それからガソリン・コンプレッサーでトット、トットと換気をやった。それをやりながら、遺体を一つずつ運び出したんです。サルベージの人は苦労しましたよ。せまい艦内から遺体を引き出して、背負ったり、担架で出したりしたんですから……。

吉村　よく背負ったりできますね。正直言って気味がわるいでしょうしね。

白石　そうなんですよ。それはもうたいへんな苦労だったです。

吉村　手ぬぐいかなにかで口や鼻をおおって遺体を運び出したんですね。

白石　いや、そんなことはせずに運び出していました。

吉村　沈没事故の時、救出された二人のうち、岡田賢一さんという方が、引き揚げ現場に来ておられたのをおぼえていますか？

白石　おぼえています。引き揚げ作業がはじまった頃から来とりましたよね。

吉村　岡田さんは、悲痛な顔をしておりましたでしょう。

白石　私は写真を撮ることに全神経を集中し、岡田さんの取材は村井氏が担当しておりましたけれども、作業を見守っている岡田さんは、悲痛な顔をしていましたね、やはり。

吉村　岡田さんも艦内へ入らなかったんですね。

白石　完全浮揚をした時、岡田さんがいたかどうか記憶していません。が、たとえいたとしても、入らなかったでしょう。遺体を運び出す作業のじゃまになりますしね。中には入れなかったです。

吉村　作業員が、遺体を一つ残らず出したわけですね。

白石　そうです。すべて潜水艦の甲板の上に出しまして、それを荼毘にふすため漁船で島へ運んだんです。

吉村　そのときは、もう遺体の皮膚の色が変わっていましたか。

白石　変わってゆきました。私が艦内で見た遺体とは、ちがったものになりましたよ。潜水艦の甲板に上げられると酸素に触れる、それに灼熱の太陽にさらされるのですから、皮膚が、虫のはうように赤紫色に見る見るうちに変わってゆきましたね。しかし、遺体が乾燥していたんでしょう。ジクジクにはならなかったですね。半日も置いといたらどうなったかわかりませんが……。

吉村　常識的に考えると、すぐ腐敗するような気がしますけれども、そうじゃなかったんですね。

白石　そうです。今申し上げたように猩紅熱にかかった人の皮膚のように、赤紫色になった。私は、幼い時、猩紅熱にかかったから知っているんです。ただ、その後、遺体がどのようになったか、私は知りません。荼毘にふすまで見たわけじゃなく、潜水艦の上から遺体を送り出すまでしか見ていませんので……。

吉村　潜水艦の甲板の上で、遺体を棺におさめて船で島へ運んだんですか。

白石　いえ、棺は甲板上に持ってきておりません。船に二体、三体とそのまま乗せて、島へ運んだんです。

吉村 臭いはあったんですか。

白石 臭いはすごい、ものすごい、もうなんとも表現できん。死臭とにじみ出る油の臭い、泥や海草などの臭い、それらがまじり合って、ものすごい臭いでしたよ。それですから、先ほどお話したように、電車で帰りよっても皆が顔をそむけたりはなれて行ったりして……。その時の臭いが私の体臭にもなってしまったんですよ。

吉村 その体臭は、どのぐらい消えなかったですか。

白石 一カ月ぐらい消えんかったですね。ぼく自身は、麻痺してますからわかりませんが、家族の者たちは、私が風呂に入ると湯を抜いてまたわかしていましたから……。当時、魚雷が爆発していたら、それまででしたね。今、こうして生きているのは、まァおマケの人生。ちょっとそんな気持ですね。

吉村 白石さんが撮影した後、同じ社の村井記者も艦内に入ったんですか。

白石 そうです。村井氏は遺書なんかを甲板に運び出したんです。その内容が記事になり、他社の記者もそれを取材して、紙面を埋めたわけです。

ともかく、私は若かったんで、危険などもほとんど考えず艦内に入ったんですよ。今じゃ、そんなこと出来ません。とても出来ませんよ。艦内にあった遺体のことは時々思い出しますよ。遺体を収容した日は、仏壇に灯明をあげて冥福を祈っています、毎年ね……。

あとがき

昭和四十年に『戦艦武蔵』という小説を発表してから八年間、太平洋戦争についての戦史小説を書いたが、その後は、筆をとることをしない。最後の小説は、「文藝春秋」に連載した『深海の使者』であった。

なぜ、戦史小説を書くことをやめたのか。それは、証言者が少なくなったからである。戦史小説を書く場合、むろん事実を忠実に追い、少しの誤りもおかさぬようつとめた。最も力をそそいだのは、証言者を探し求めて話をきくことであり、公式記録は、それらの証言を裏づけるものとして使用した。つまり、関係者の証言が主であり、記録は従であった。

このようにして戦史小説を書いていたが、年を追うごとに証言を得ることが困難になった。証言者の死が急に速度を早め、関係者の家に取材申込みの電話をかけ、「危篤です」と言われたこともあった。

私の戦史小説は証言によって組み立てられ、それが数少なくなれば成立しない。その限界を感じたのが、『深海の使者』であった。

昭和四十年から八年間、南は沖縄から北は北海道まで、多くの関係者に会い、その証言をノートにメモし、テープに録音した。それらは書斎の一隅に放置されていたが、最近になってこのまま散逸させてしまってよいのか、と思うようになった。殊に、テープ類は、すでに故人になった方のものをふくめて百本以上もあり、その肉声をなにかの形で遺すべきではないか、と考えた。

これについて、毎日新聞社図書第一編集部の石倉昌治氏にもらしたところ、編集部長の川合多喜夫氏の賛同を得て、テープにおさめられた証言者の声を速記におこし、それを整理して活字にすることができた。

この単行本におさめられた証言は、テープ類の一部にすぎないが、活字にしてよかった、と心から思っている。証言者の方々は、それぞれ個人的に特異な体験をしているが、同時に、その体験が太平洋戦争の歴史に強くむすびついている。その肉声を、活字として遺すことは、大きな意義があると感じた。

太平洋戦争は、すでに歴史のひだの中に埋もれかけている。それは、やがて、明治維新、日清、日露戦役などと同じ歴史の一つになるが、ここに紹介した証言は、歴史の重要な核をなすものであることはまちがいない。

証言者の方々が、テープの声を活字にしたいという私の申出でを快く承諾し、積極的に写真その他を提供して下さったことに、深く感謝している。

昭和五十六年（一九八一年）夏

吉村　昭

特別付録対談　取材・事実・フィクション

新田次郎（作家）×吉村昭

執筆の動機

新田　今度の『陸奥爆沈』（一九七〇年五月新潮社刊。現在は新潮文庫）では、聞き込みは、何人ぐらいに会われたのですか。

吉村　人数は記憶しておりません。『戦艦武蔵』のときは、日記をつけておりましたのでわかりますが、執筆を終えたとき、八十名を越えていました。今度は百名前後と思います。

『陸奥爆沈』は少し変った形式をとっていまして、現在の私が主人公になっています。私には戦争を書きたくないという気持が一方にあります。なぜかと言いますと、戦争は過去がとかく美化されがちであるのと同じように美しいものとして懐古される傾向が一部にあって、自分の書いたものも、そうした眼にさらされ読まれることが苦痛なのです。

昨年の早春にたまたま人に誘われて柱島というところへ行きましたが、その付近の海面で「陸奥」が爆沈したことを知り、殉職した将兵の死体を焼いた近くの無人島にも案内されました。その荒涼とした島にあがった時、妙な気分になってしまいまして、つまり歴史がひとつうずもれてゆく、やはりこれは書いておかなくてはいけないという気になって、それで調査を始めたわけです。

調査に七カ月、執筆に六カ月を費やしましたが、作品の形式も私自身が陸奥爆沈原因をさぐってゆくという方法をとりました。

その間、思いがけない事実にぶつかりましたが、輝かしい存在であるはずの日本海軍の歴史の中で、「陸奥」を含めて、軍艦の火薬庫爆発が合計八件もあったことは意外でした。しかも「陸奥」以前の七件の火薬庫爆発事件中五件は、乗組員の過失又は放火です。あとの二件にしても乗組員の行為である疑いもあるが、死者が余りにも多かった等の理由で確認がつかめなかったにすぎないのです。「陸奥」の場合も、或る下士官がやったとしか思えないのですけど、軍艦という一種の巨大な兵器、その器の中に多くの人間が人間臭く生きていたということに興味を感じました。

火薬庫爆発に関係した水兵たちは、なにか裸電球の下でひざを抱いてうずくまっているような、もの悲しい姿に思える。一人残らず下級の水兵たちで、虚栄心や金銭欲やノイローゼ気味であったため事故をひき起した。そういった水兵たちは海軍という組織の中では生きていけなかった人間たちなんですね。その水兵たちの人間臭さが、筆を進めさせた原動力になったように思えます。

新田　私が聞いた話だと、「陸奥」のある下士官が上官に非常に怨みを抱き、自分の身を犠牲にして、怨みを返してやろう、そういう気持で火をつけたって聞いたんですがね。いろいろなデマが飛んでいるわけですね。

吉村　新田さんのおっしゃるような解釈が圧倒的ですが、それは事実とちがっています。上官が兵隊を虐待したからだというのは、戦後になってからの非常に類型的な解釈ですね。「陸奥」の場合は、その下士官が盗みの嫌疑で上官から訊問を受けた。下士官は否定したが、盗みの事実は確定的なので、爆沈した日の朝、呉にいた戦艦「大和」の法務官に大尉と上等兵曹二人が報告に行った。その間に「陸奥」は突然爆沈してしまったのです。こうしたことから考えられることは、犯人が処罰をまぬがれぬとさとって、自暴自棄となり火薬庫に放火したのではないかと推測される。そして査問委員会が調査をつづけてゆくうちに、下士官の放火説を裏づける事実が続続と出てきたのです。

新田　スパイだという説がありましたね。スパイ説はどうですか。

吉村　一部の専門家にはそうした意見を述べる人もいましたが、証拠はありません。当時の査問委員の一人も、私に犯人は生きているように思うという。つまりスパイ説なんですね。私はその言葉が気になって、思いきってその下士官の生家のある村にもいってみましたが、村の人にきくと家には弟さん夫婦だけで、下士官は戦死したと言っていました。ただ「陸奥」が爆沈したあと、憲兵が村へ入ってきて、その家を取り囲んだそうです。生きているかいないかわかりませんが、私は生きていないと思います。

「陸奥」の爆沈は世界の軍艦事故中最大の事故なんです。千四百余名乗っていたのですが、千百何名かが死亡してしまった。それほど多くの死者を出した事故も戦時中の機密保持のために闇から闇に葬られた。たとえば、爆沈海面近くで漁をしていた漁師は、非常な濃霧だったのでドカンという爆発音ぐらいしか聞えなかったのに、三十名ばかりが捕まって、近くの島に軟禁状態に置かれたりしました。また生き残った三百何名の陸奥乗組員も爆発後ひそかにトラック島へ運ばれて、全員が激戦地へ放たれました。戦死が相ついで終戦時に日本の内地の土を踏むことができたのは、わずか六十名ほどです。

新田　その辺は『戦艦武蔵』と似ていますね。

骨を書く

新田　しかしいい仕事をされましたね。とにかく七カ月もかかって資料を集めて書き残すということは、作家に与えられた使命のひとつですね。そういうことを作家はやっていかなければいけないんじゃないですか。

吉村　私は、事実に忠実でなければならぬ作品というものは小説ではないと現在も考えています。『戦艦武蔵』を書く時も、事実に忠実でなければならないというひとつの宿命があるため、小説として書く気にはなりませんでした。が、また一方には終戦の日から胸の中にわだかまっていた戦争というものを思いきって吐き出したいという気持もあったし、それには戦艦「武蔵」は恰好の素材とも思えて、その点で自分の内部ではずいぶん葛藤があった。しかしだんだん考えているうちに、どうも戦争の事実というものは単なる事実とはちがうと思うようになりました。平和時では人を殺せば最大の悪として法律的にも極刑の対象になるが、戦場では、多くの人間を殺せば殺すほど賛美される。つまり普通の意味での事実とは異なって、戦争の事実は虚構の領域にふみこんでいるものではないかというようなことを考えたのです。こじつけかもわかりませんけど、そうした考え方が筆をとる上でのひとつの救いにはなりましたね。

新田　私はあなたが、『戦艦武蔵』を書いて、こんど『陸奥』を書かれたのは、当然ななりゆきのような気がしていますね。というのは、あなたのいちばん最初に書いた『青い骨』でしたか……。あれは非常にいい作品だったけど、あのころから、あなたの小説には必ず死が出てくる。異常と思われるほど骨が出てきて、不思議な作家だと思っておったんですけど、骨の歴史を考えながら、骨を見詰めているわけなんですね。あなたの当時書いた小説は全部……。ですから、『戦艦武蔵』にしろ、『陸奥』にしろ、やはり海の底に沈んでしまった骨を見詰めて、その歴史を書こう、そういう気持がずっとあなたにあったんじゃないかと思います。

吉村　自分にはわかりませんが……。新田さんにいわれて気づいたことですが、冒頭で、無人島に立ったときの描写で、骨を書きました。遺体を焼いた跡だと案内の人に或る個所を指さされ、骨片らしいものを眼にとめてひろってみたら、ただの貝殻でしたが……。いずれにしても、その無人の島で多くの死体がひっそりと焼かれたということが、書こうという動機になったことは事実です。

新田　結局、人間を書くことは骨を書くことだということなんですね。有機物は全部なくなって、最後は、骨ですよね。だから、その骨に対して語りかけたり、質問したりというのが、あなたの小説じゃないかと思います。

日本は酸性土壌が多いから、骨が残らない。たまたまアルカリ性の粘土質の土壌の中に埋没された古代人の骨格がそのままの形であらわれることがある。二、三年前に長野県の佐久で発見された子供の骨は、粘土質の山くずれが起きて、たまたまその下で遊んでいた子供が生き埋めになったもの。その骨がそのまま発見されたんですよ。だから山くずれ遭難第一号というわけですかね。

吉村　その山くずれはいつごろなんですか。

新田　そこに甕器という土器が発見されたから、藤原時代と推定されるわけです。その骨をもしあなたが見たら、そばにあった甕器を見て、藤原時代ある地方に山くずれがあって、子供が一人死んだというすばらしい小説を書くと思うんですよ(笑)。

私も骨にあったときはぎょっとしますね。昭和三十二年ですか、沖縄気象台にレーダーを取りつけるその位置決定に沖縄へ行ったとき、ちょっとした丘を歩いていたら、まだ防空壕がそのまま残っていましてね。藪の中をあちこち歩いていたら、足を踏みはずして壕にすべり落ちた。そしたら、そこに茶色がかった骨があってね。私はそれを拾って、共同納骨堂に納めに持っていったんですけど、その骨にあったときになんともいえない気持になりましたね。こわいというんじゃなくて、防空壕の中で敵弾を受けて死んだ人の姿をその場で思いえがきました。穴のあいた鉄かぶとがあったりして……。

取材ということ

新田　吉村さんが「月刊ペン」に書かれた『戦艦武蔵』の取材ノートというの、ずいぶん面白いもので、ぼくは感心して読んだ。あれを読めば、作品と同じくらいの迫力を持っていますけど、あれはあなたの生の原稿をそのまま載っけたのか、それとも書き直した取材ノートですか。

吉村　もちろんそうです。造船業界の小さな雑誌がありまして、そこに七十枚ぐらいまで書いたときに、小説を書き始めたわけです。その雑誌をやっていた友人が、ジードの『贋金づくり』には「贋金づくりの日記」というものもあるのだから、両方並行していったらどうだっていうんです。私とすると、事実に忠実でなければならぬものは書きたくないという意識もあったものですから、小説は書かずに、取材ノートだけで終らせようという気持も強く、取材日記を書き進めていたのです。

新田　そうすると、「月刊ペン」に発表されたのは、生のノートを整理したものであって、生の取材ノートではないかもわかりません。

吉村　生のノートといっていいかもわかりません。

新田　生のノートですと、もっと感心しちゃうな。最初からまとまっていて、きちんときちんと要点をつかんで書いている。なぜ感心したかというと、私の取材ノートは実にでたらめで、あっちに飛びこっちにもどり……。

吉村　ああそういう意味ですか、それはもちろん整理して発表したものです。手探りでいろんなことを知ってゆく過程を書いていったのですが、調べていった経過はあの通りです。

新田　あなたの取材のしかたは、ある方向に一直線につっこんでいくいき方ですね。ちょうど金鉱を鉱脈――ツルというんだけど、ツルに沿って掘り進んでいくようなやり方だ。

　私の場合は、鉱脈の本筋をついていくうちに、いつのまにか坑道の枝脈に入ると、そこにどんどん入って行っちゃって、帰ってこれないことがあるのです。そして、ついには、枝脈のほうがおもしろいということになって、枝脈を書いたこともあります。

吉村　そういうこともあるでしょうね。ところで調査をしても作品の中で使えるのはその中のせいぜい二割ぐらいですね。

新田　捨てる場合のほうが多いですね。話じょうずの人に会ったときと、そうでないときと、それから話じょうずでも、マイペースでべらべら喋られちゃって、全然自慢話で、小説のネタにならないということもありますね。一日取材してもなにもならないことがある。

吉村　作り話をする人もいますね。今度の場合もそういう人にぶつかりました。「陸奥」が爆沈した時刻には猛烈な濃霧だったのですが柱島に行きましたら、その瞬間を目撃したということで有名な老人と会いました。「大きな軍艦がゆっくりとコケタ（倒れた）」という。「コケタ」という言葉に実感があって、私はその話を信用したのですが、その後調べを進めてゆくうちに、その島からは絶対に見えなかったことがわかりました（笑）。

新田　嘘は直感ですぐわかりますね。しかし言葉少なに、ぼっつりぼっつり話して、あのときはつらかったと感動をこめて、思い出すような目をしたときなんか、ああ、この話はほんとうだったなあと思いますね。

吉村　戦艦「武蔵」の建造に従事した技師の一人が、武蔵という巨艦を造ったのは平和をねがう気持からだったと言っていました。つまり強力な戦艦を持てば相手からの攻撃を受ける心配はないんだと。不愉快になりましたね。軍艦は兵器です。より多くの人間を殺すことを目的とした構築物で、平和とは相反するものです。戦後になると、そのようないい加減なことを口にする人が多く出るのですね。

新田　武装平和――原爆をもつことは平和だというのと同じ理論ですね。

い。

作品化の過程

吉村　多くの事実の中から主題を生かしてくれる事実のみをすくいとって、作品化する方式。新田さんの『富士山頂』を読んでもそう思うのですが、この場合、新田さんの分身らしき人物が主人公であるし、考えようによっては私小説の範疇に入るかもわからない。

　以前に黒部第三発電所のトンネル工事という素材を使って『高熱隧道』という小説を書いたことがあります。この工事に従事した労務者の半ば以上は朝鮮の人ですが、強靭な体力を駆使して遂にトンネル貫通を果した。いまの考え方からすると、朝鮮の人を労働者に使ったというと虐使したのではないかと考えがちですが、事実は比較にならないほど高い給与が魅力となった。ともかく朝鮮の人と書くと主題が妙にねじれてしまうおそれがあるので、ただ労務者という形で押し通しました。また自分の主題を明確にするためフィクションとして書きました。このことは後書きでことわっておきましたが、事実を素材としても、さまざまな書き方があると思います。

　新田さんの場合、たとえば『富士山頂』などを例にとっても、自分の考えている主題に相反した事実の処理をどうなさいますか。おそらく新田さんもそうだと思いますが、私は主題の足をひっぱるような要素は容赦なく切り捨てて、主題を生かす事実だけを使っています。新田さんの場合はいかがですか。

吉村　やはり同じようなものですね。

新田　『富士山頂』は新田さん御自身が調査も何も必要としない当事者であられたわけで、主人公は新田さんの分身なのでしょうね。

新田　そうです。資料はそっくりありますからね。ただ、役人をやめないと書けないから、やめてから書いた。その点お役人はつらいですね。あの少し前に新潮社で出した『火の島』って爆発の危険にさらされた人たちが鳥島から引き揚げる。あれもやめてから書いたのです。在職中には問題がありますから。

吉村　自分自身を小説化する操作はどうなさるのですか。

新田　『富士山頂』の場合は、葛木という人間を設定すると、自分から離れた人間が頭の中に思い浮びますね。で、それを勝手に……。だから小説の中の人間は、私自身よりもずっとできのいい人間ですよ（笑）。出てくる人物は全部実在のモデルですけど、あるいは三人を一人にまとめたモデルがありますしね。それも名前を書いてしまうと、一応実際の人と縁を切って、勝手な想像をして動かすというふうにしています。そうしないと、とても書けない。

吉村　『高熱隧道』の最後に工事責任者のグループが人夫たちに不気味な恐怖を感じて、トンネルを山のほうに下りていってしまうことを書きましたら、土木工事に関係している私のいとこが、土木屋はそんな気の弱いものじゃないというのです。しかし、私の小説では、どうしてもその人間たちはふみとどまっているわけにはいかない、逃げざるを得ない。事実とは異なっていても、私の小説に関するかぎりそれが真実なのです。

新田 でもそれを小説の中で、不自然に読ませなければそれでいいんじゃないですか。御親戚の方が読んで不自然に感じたのか、ただそういう事実はないといったのか。

吉村 土木屋はそういうものじゃない、根本的な精神に反するというのです。それはそれでわかるんですが、事実というものを小説家が扱った場合、それはもう事実ではなくなるのではないかという気がするのです。

新田 しかし、土木技師だから、そういうことはあり得ないと思い込んでしまうのは、それが小説である場合は、たいへんおかしなことになりますね。人間ってそんなに杓子定規のものじゃない。工事責任者だって、自分の生命の危険を感じるような場合になってくれば、逃げるのは当然です。だから、それをあなたの筆で矛盾を感じさせないように書いたらいいのであって、そういうところに作家としての使命感みたいなものが感じられるんじゃないですか。

歴史を残す

吉村 戦争というものが、たとえば「陸奥」の爆沈事故にしても、歴史の襞《ひだ》の中に急速に埋もれていっている。いまならばかなりはっきりとした形で把握できる。日本での最大の歴史となるはずのあの戦争を書くことは、歴史小説を書くのと全く同じだと私は思っています。新田さんの『富士山頂』も歴史小説として書いているという意識はありませんか。

新田　もちろんそういう気がありました。歴史として残す一つの方法として書いたのがずいぶんあります。『ある町の高い煙突』という公害問題を扱った作品は、明治の末期において、資本家と被害者側との協調によって、世界一高い煙突を立てることによって公害を克服した事実なんですが、その歴史を書き残さなきゃいかんと思って、調べて書いたわけですけど、そういう事実に触れると、私は万難を排して取材して書きたいという非常な勇気を感じます。

吉村　明治以前を舞台とした歴史小説を書いたことはほとんどありませんが、新田さんの場合『武田信玄』などお書きになっていますが、『富士山頂』を書く姿勢と同じじゃないかという気がするんですが。

新田　姿勢はまったく同じですね。やはり時代の背景における人間というものを書くわけです。歴史小説にしても、記録的な小説にしても、そのような姿勢のあり方がいちばん大切じゃないかと思いますね。『富士山頂』にしても、いまの時点においては、富士山は日本人の象徴的存在であるということ、それを書き残したかったんですよ。

　われわれは間違えたものを残しちゃいけない。ことに大東亜戦争のような悲惨な戦争が行われたあとには、なるべく史実に正しいものを残すことが必要ですね。だからこんどのあなたの『陸奥』のお仕事はそういう意味で非常にいいと思いますよ。だれも噂だけで書けなかったものを、あなたが書くことによって、そこに事実を彷彿とさせるものが出てきたわけですからね。歴史のブランクになったところをどう埋めていくかというところに、歴史小説を書く作家の生きがいを感じます。これからも、お互い、しっかりやりましょう。

（初出：「波」一九七〇年五・六月号）

解　説

紅野謙介

人の話を聞く力が落ちている。しばしば、そうした声を耳にする。たしかに、マスメディアでインタビューの光景を見たり、記事を読んだりすると、質問が抽象的で、何を聞き出そうとしているのか、迷う場面に出くわすことがある。そんなことを言っているわたし自身、果たしてどれだけ聞く力を持っているか、心細くもなる。答える側も漠然としたことばしか繰り出せない、そんな問い方では話も弾まないだろう。話を聞く、しかも、その人の人生の大事な核心の部分にふれる出来事について聞くことは並大抵ではない。正面から人と向き合い、ひるむことなく話を引き出す技を、いったい吉村昭はどこで体得したのだろうか。

吉村昭は、丹羽文雄主宰の雑誌『文学者』で修業を重ね、『青い骨』(小壺天書房、一九五八年)や『少女架刑』(南北社、一九六三年)など、芥川賞候補作をふくむ短篇小説集を出した。その後、太宰治賞を受賞した『星への旅』(筑摩書房、一九六六年)で注目されたものの、一気に名前を知られるようになったのは、調査に調査を重ねて書いた、ノンフィクションもかくやという戦史小説『戦艦武蔵』(新潮社、一九六六年)からであった。文学を書こうとして目指していたのに、いったん文学を離れるかのように事実に即して書いた著作で、作家としての評価を獲得したのである。

実は、吉村は学習院大学に在学中、同人雑誌にこんなことを書いていた(注)。

……事実の中には、小説は無い。事実を作者の頭が濾過《ろか》して抽象してこそ、そこに小説が生れる。カミユの「異邦人」の価値は、二十世紀の抽象小説であることだ。川端康成の小説も、畢竟《ひつきよう》作者の頭脳によって抽象された美であり、断じて現実美ではない。秀れた小説は僕達の理性を納得させ、感性を納得させてくれる。……

想像力が小説をつくりあげる。かれはそう確信していた。はんとうにそうか。「事実を作者の頭が濾過して抽象してこそ」という、さりげない一言がある。しかし、「濾過して「抽象」するまでに、どれほどの模索と葛藤の過程がおりたたまれているか、この時期の吉村にはまだ分かっていなかったのだろう。自然や社会の現実を描写すればいいわけではない。ある光景をあたかも目に浮かぶように描いたとして、それは語り手や焦点化された人物の内面の反映にとどまってしまう。自分の頭に収まりきらないくらいの「事実」の圧倒的な重量感を描くことの意義に気づいたとき、吉村昭はそれまで考えていた既存の文学概念から抜け出して、文学そのものに目覚めたのである。

その後、『零式戦闘機』（新潮社、一九六八年）や『陸奥爆沈』（同、一九七〇年）など、太平洋戦争のさなかに起きたさまざまな事件・事故に取材した小説を次々と発表。やがて、その対象は、日露戦争下の日本海海戦や、幕末維新期の内戦にさかのぼり、一方また苛酷な環境をくぐりぬけ、過剰なまでに生のエネルギーあふれた人間たちに及んだ。『羆嵐』（同、一九七七年）、『遠い日の戦争』（同、一九七八年）、『破獄』（岩波書店、一九八三年）、『天狗争乱』（朝日新聞社、一九九四年）など、吉村の著作の多くは今でも多くの読者を惹きつけている。

『戦史の証言者たち』は、吉村が戦史小説を書く上で取材した軍人や民間人の証言集である。一九六〇年代はまだ戦争体験者たちが健在であり、その記憶も保たれていた。百本以上に及んだ録音テープのなかから、一部を抜き出してまとめたものである。しかし、こうした取材やインタビューは吉村昭単独でなされたものである。大きな新聞社や出版社がバックについて、その支援のもとになされたわけではない。北海道から沖縄まで証言者たちの所在地におもむき、話を引き出していった。私はその執念と持続力に粛然とせざるをえない。経済的にはパートナーである作家の津村節子が彼を支え続けた。当時、しばしば吉村は親友に「おれはヒモだよ」と自嘲したという。証言者たちも、名前も背景ももたない相手を前にして戦争中の激烈な経験を語った。こうした数々の証言の書かれざる前には、それぞれが聞き手と話し手として立ち上がり、呼吸がととのうまでの長い間合いがあったにちがいない。彼らの警戒をほどき、ときに拒絶を乗りこえて、信頼を得るにいたるやりとりをへて、ようやく閉ざしていた記憶の封印が解かれたのである。

第Ⅰ部の「戦艦武蔵の進水」は、『戦艦武蔵』を生み出した証言のひとつである。『戦艦武蔵』は数多くの関係者への取材から成り立っているが、ここに選ばれたのは、巨大な戦艦の進水を指揮したひとりの工作技師である。巨大な船を限られたスペースの港で進水させること自体、困難をきわめるが、まして機密保持のために戦艦の造船やその完成、進水式の日時まですべて隠さなければならない。ガントリークレーンにシュロのスダレをかけ、その上にさらにシートを下げたエピソードがくりかえし語られているが、分からなかったのは長崎市民だけではない。進水の神様と言われた大宮丈七氏みずからも、巨大すぎるがゆえに「ちょうど大きなビルの外壁の近くに立っている」ようで、船全体を見たのは進水後、海上に浮かんだときだったという。わずか二年二ヶ月に終わった巨大な「化けもの」の誕生と消滅のすべてを見届けたものはいない。発案した軍人たち、多くの設計技術者、発注された民間企業の職員、夥しい数の職工、そして乗り込んだ兵士・軍医たちそれぞれが各々の主観を通して、「化けもの」の断片を凝視し、記憶に刻んだ。その細部にこそ生きた歴史が宿っている。

本書の中心をなす第Ⅱ部「山本連合艦隊司令長官の戦死」と第Ⅲ部「福留参謀長の遭難と救出」は、それぞれ「海軍甲事件」「海軍乙事件」という小説のもとになった証言である。どちらも『海軍乙事件』(文藝春秋、一九七六年)に収録されており、照らし合わせることができる。

吉村は、一九二七年生まれの戦中派世代にあたる。戦後のアメリカへの従属と民主主義の到来を言祝ぎながらも、軍国主義批判の高まりによって、戦時下の真実がかき消されていくことに眉をひそめていた。戦争中にも日常があり、日本人の多くは黙々とみずからの仕事を続けていた。しかし、そうしたなかで戦争の拡大を防ぐいくつかの契機があったにもかかわらず、軍と一体となった国家はそのチャンスを逃し、隠ぺい工作をつづけた。「海軍甲事件」「海軍乙事件」という呼び方で匿名化された事件は、太平洋戦争における日本軍の失敗例である。ひとつは日本軍の暗号がアメリカに解読されていることに気づかないまま、連合艦隊の最高司令官をみすみす死なせてしまった。その護衛機に搭乗していた飛行士の生々しい証言は、戦争の潮目の転換がどのように起きたかを物語っている。もうひとつの捕虜交換事件は、ゲリラ討伐隊が救出部隊に転じたときの大隊長、捕虜引き渡しを担当した副官、捕虜となった参謀長機の搭乗員の立場から、それぞれ証言が引き出される。捕虜交換に現れたフィリピン人ゲリラがなごやかな空気のなか、「ノー・ポンポン」と、互いに銃を撃ち合いたくないという意思を示していたなど、印象的なエピソードが記録されている。そうした証言のあいまから、参謀長らが捕虜となった事実自体を隠し、その一方で兵士に死を強いた日本軍の不合理な精神主義が浮かび上がってくる。

第Ⅳ部の「伊号第三三潜水艦の沈没と浮揚」は、『総員起シ』（文藝春秋、一九七二年）に書かれた潜水艦沈没事故をめぐる証言が集められている。しかし、それにしても日本海軍は伊号第三三三潜水艦について何度、事故を起こしたことか。最初に出撃したソロモン諸島方面で修理作業中に沈没し、三三名が犠牲になった。その後、引き揚げられ、呉海軍工廠で完全修理がなされたが、瀬戸内海で訓練中にふたたび浸水、沈没。乗員一〇二名が亡くなった。この潜水艦が稼働したのは最初は三ヶ月、二度目は二週間足らずである。もっとも科学的で軍事技術、造船技術の粋を極めたはずなのに、このようなミスがくり返される。しかも、ここでもやはり徹底した情報統制と隠ぺいが行われた。

この第Ⅳ部には、沈没する潜水艦から脱け出して救出された生存者二名と、戦後、引き揚げ作業にあたった技師と、浮揚した艦内に入り込み、生きたままのような状態で保たれていた死体の写真を撮影した新聞記者の証言が並んでいる。浸水しなかった完全密閉の一室で酸素がなくなり、低温で保存されていた遺体は九年後の引き揚げによって、戦後の空気のもとにさらされた。死体はみるみるうちに変色し、荼毘に付されたが、撮影された写真は死者たちのことばにならない無念を語り続ける。

最初の問いに戻ろう。証言者たちが重い口を開いたのは、なぜか。あえなく潰え去るとしても、彼らは戦争という巨大な歯車のなかで、心と身体に深い傷を負いながらも、黙々と職務に励んだ。そうした証言者たちへの敬意と、亡くなった人々への憂愁の思いを、吉村昭が身をもって呈していたからだろう。それは話術の妙などではなかった。

半世紀のときを超えて、ふたたび証言者たちは甦った。現実の戦争をめぐる報道が飛び交う一方で、戦争が比喩やイメージで語られる二一世紀の日本において、本書の価値はきわめて高いと思う。

（日本近代文学研究者）

注　吉村昭『戦艦武蔵ノート』（図書出版社、一九七〇年）より。

本書には、今日の人権意識に照らして、差別的表現ないし不適切とされる表現が含まれていますが、著者の意図は差別を助長するものではないこと、また著者が故人であることや作品の歴史的価値に鑑み、原則として底本を尊重しました。ご理解賜りますようお願い申し上げます。

吉村　昭（よしむら・あきら）
1927（昭和 2）年—2006（平成 18）年。東京府北豊島郡日暮里町（現在の東京都荒川区東日暮里）生れ。学習院大学中退。1966 年「星への旅」で太宰治賞を受賞。同年「戦艦武蔵」で脚光を浴び、以降「零式戦闘機」「陸奥爆沈」「総員起シ」等を次々に発表。73 年これら一連の作品の業績により菊池寛賞を受賞する。他に「ふぉん・しいほるとの娘」で吉川英治文学賞（79 年）、「破獄」により読売文学賞、芸術選奨文部大臣賞（85 年）、「冷い夏、熱い夏」で毎日芸術賞（85 年）、さらに 87 年日本芸術院賞、94 年には「天狗争乱」で大佛次郎賞をそれぞれ受賞。
2017 年 3 月、東京・荒川区の「ゆいの森あらかわ」内に「吉村昭記念文学館」が、また 2024 年 3 月、「三鷹市吉村昭書斎」が開館。

文春学藝ライブラリー
歴 49

戦史《せんし》の証言者《しょうげんしゃ》たち

2024 年（令和 6 年）6 月 10 日　第 1 刷発行

著　者　　吉　村　　昭
発行者　　大　沼　貴　之
発行所　株式会社　文　藝　春　秋
〒 102-8008　東京都千代田区紀尾井町 3-23
電話（03）3265-1211（代表）

定価はカバーに表示してあります。
落丁、乱丁本は小社製作部宛にお送りください。送料小社負担でお取替え致します。

印刷・製本　光邦
Printed in Japan
ISBN978-4-16-813109-7